Cornelia Desch

Die Koffer kommen übermorgen
und weitere Erkenntnisse

Vom Reisen und woanders Leben

Herzlichen Dank

an
Maureen, Michael, Patrick, Robert, William und Mops Churchill
für ein erfahrungsreiches Jahr

an
Svenja
für den nicht endenden Gedankenaustausch, Lesestoff und ihre
Taxidienste

und an
Eva und Mona
für den stetigen Strom von Neuigkeiten und Alltäglichkeiten
aus der Heimat

Cornelia Desch

**Die Koffer kommen übermorgen
und weitere Erkenntnisse**

Vom Reisen und woanders Leben

Alle Rechte bei der Autorin
Titel und Umschlaggestaltung Cornelia Desch
Herstellung und Verlag:
Books on Demand GmbH, Norderstedt
September 2003
ISBN 3-8334-0232-6

INHALT

3 Zwischendurch-Gedanken
Seite 67 bis 100

*Neue Freunde *Was ist Zeit *Auf dem Grunde meiner Seele
*Meiner Seele Heim *Wir sind nur Gast *Frühjahr *Stille
*Sommerabschiedsschmerz *Abendsonne *Dieser Herbst *Mitten
in der Nacht *Vogel Nacht *Protestaktion *Der Mond hat einen
Sonnenbrand *Am eisigen Strand *Fremdes Wesen
*Kleinigkeiten *Der Familienausflug *Momente

4 Drei sind mehr als zwei plus eins - Drillingsgeschichten
Seite 101 bis 138

*Vier Wochen vor dem Abflug *Dreierbande *Der Mann im
Mond *Die Post ist da *Weihnachten dreifach *Die Psyche des
Hundes *Nebenjobs *Kinderkram *Belastungsproben
*Mitfühlende Seelen *Sinn-Krisen *Heimatgefühle *Das
Telefonat

DAS REISEN, DIE ZEIT UND DIE DINGE DAZWISCHEN
VOM FORTFAHREN UND NACH HAUSE FINDEN

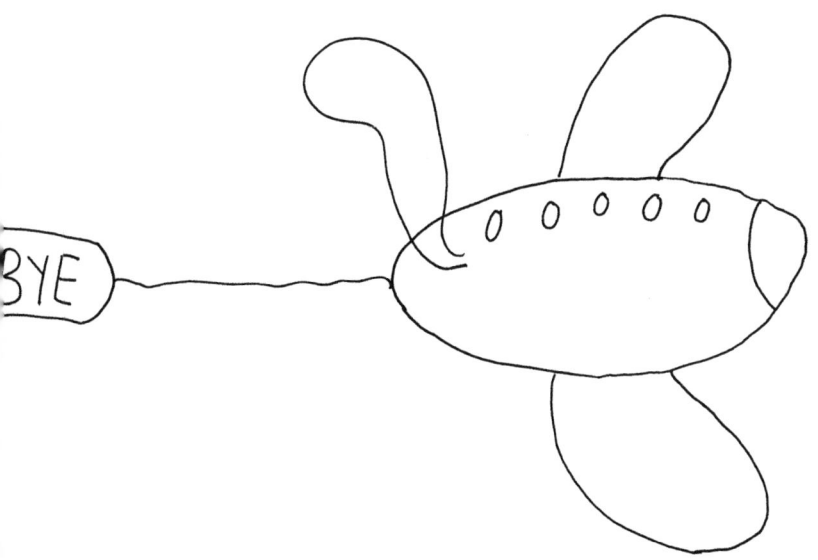

Auf und davon
Anstelle eines Vorworts

Reisen bildet bekanntlich. Nicht nur Staus, sondern mitunter auch den Menschen und ist folglich gut für seine Entwicklung.

Dieser Meinung ist auch meine Familie und hat mich schon früh in die Geheimnisse des Kofferpackens eingeweiht.

Sich des Alltags zu entledigen kann unter Umständen süchtig machen. Doch das Aufbrechen in die Fremde macht umso mehr Freude, wenn daheim sogenannte geordnete Verhältnisse vorliegen.

Und jemand einem die gelesene, mit Randbemerkungen versehene und sorgfältig zusammengefaltete Wochenendzeitung quer über den grossen Teich - oder wohin auch immer - hinterherschickt.

Nach zwei Jahren Abenteuer Überleben in Westafrika holte auch mich der heimatliche Alltag ein. Da galt es, einen Schulabschluss abzulegen, sich ausbilden zu lassen und sich mit den sattsam bekannten Ungerechtigkeiten des Lebens (Steuerklasse 1, Single, Normalverdiener und keine Verbeamtung zu erwarten) herumzuschlagen.

Das Gute am Singleleben ist die Unabhängigkeit. Obwohl diese mitunter recht relativ ist. Wer schonmal mit behördlichen Ab-, Um- und Neumeldungen zu tun hatte, weiß, wovon die Rede ist.

Warum also nicht dem Heimatland mal wieder den Rücken kehren. Für eine gewisse Zeit zumindest.

Und sich - wenn schon nicht um den eigenen, weil noch nicht vorhanden - so doch um den Nachwuchs anderer Leute kümmern.

Dachte ich mir.

Schließlich hatte ich die fachgerechte Versorgung von kranken "kleinen Menschen" - so nannte es mein Anatomiedozent immer - ausführlich gelernt und auch in der Praxis erprobt.

Da sollte es doch ein Kinderspiel werden, sich erneut fremdländischen Gepflogenheiten anzupassen.

Hatte ich mir gedacht.

Dass mich mein Freiheitsdrang nach Amerika, dort nach New York und dann auch noch zu dreijährigen Drillingen verschlug - man mag es Schicksal nennen. Oder einen Glücksfall.

In jedem Fall hat dieses Jahr meinen Erfahrungsschatz im Umgang mit Kleinkindern in der Trotzphase ungemein erweitert.

Und ich weiß jetzt, dass Nervenstärke unbedingt zu meinen Eigenschaften gehört.

Anders lässt sich mein Überleben nicht erklären.

Nicht nur, dass die Lebensumstände andere sind - das gesamte Leben unterscheidet sich gewaltig von dem uns Vertrauten.
Der angestrebte Abstand zur Heimat stellte sich dann auch dementsprechend schnell ein.
Spätestens nach abgeschlossener (Ak)klimatisierung - in den USA durchaus wörtlich zu nehmen - stellte sich der Drang ein, Erlebtes zu dokumentieren.
Demzufolge haben alle Texte eine authentische Grundlage.

Der beschriebene Aufenthalt in den Vereinigten Staaten wurde organisiert mit Hilfe der Gesellschaft für Internationale Jugendkontakte e.V. in Bonn.
Für alle Interessierten hier die genaue Anschrift:

GIJK e.V.
Baunscheidtstraße 11
53113 Bonn

email: gijk@gijk.de
Homepage: www.gijk.de

An der nächsten Ampel ...

Im Staate New York dürfen Autofahrer auch bei roter Ampel rechts abbiegen. Vorausgesetzt, die Straßenlage läßt dies zu. Diese Einschränkung sollte man vielleicht auch den Fahrzeugführern mitteilen, einige scheinen es nicht zu wissen und brettern todesmutig drauflos.

Eine Ausnahme von dieser Regelung bildet New York City, was höchstwahrscheinlich am - völlig berechtigten - Misstrauen am Fahrstil der Amerikaner liegt.

Es gilt die Devise: Jeder, wie er will und die Schnellsten dürfen zuerst.

Die Ampelfarben werden kaum beachtet, kann man sie doch im glitzernden Manhattan bei Dunkelheit ohnehin nur schwer von den Leuchtreklamen unterscheiden, Einbahnstraßen werden ignoriert.

Die Hupe ist im Dauereinsatz und gilt als beliebtes Kommunikationsmittel. Und mitunter verwirren die Verkehrssheriffs noch mehr - die Straße ist frei, die Ampel grün, warum geht's denn hier nicht weiter?

Oft sind Straßen scheinbar willkürlich gesperrt und besonders im Einbahnstraßensystem Manhattans muß man dann erstmal Schleifen fahren, um ans Ziel zu gelangen.

Ein hohes Aufkommen von Fahrradkurieren und rückwärts stoßenden Lieferwagen erschwert die Lage. Zudem quälen sich täglich Millionen Pendler aus dem Umland nach New York. Und am Abend wieder zurück. Nicht umsonst sind amerikanische Automodelle mit Kaffeebecherhaltern, DVD-Abspielgeräten und Minibars aufgerüstet. Falls es mal wieder länger dauert!

Bei diesen Rundfahrten hat man dann gute Gelegenheit, noch etwas ausführlicher die unglaublich schlechten Straßenverhältnisse der Stadt zu bewundern.

Kleinere Risse im Belag werden nicht weiter beachtet, größere manchmal angekündigt und ganz große scheinen direkt in die weitverzweigten U-Bahn-Schächte zu führen. Zu diesem Zeitpunkt wird die Straße dann endlich geflickt. Indem man Stahlplatten über die Hohlräume nagelt, was dem Fahrvergnügen eine besondere Note verleiht.

Die Parkgebühren in Manhattan sind dem Platzmangel entsprechend horrend und eine weitverbreitete Methode ist das übereinander stapeln der Autos auf riesigen Gestellen. Auf dem Boden verbleibende Fahrzeuge werden von fachmännischer Hand millimetergenau eingeparkt und vorher nach anzunehmender Verweildauer sortiert.

Als ich zum ersten Mal mit dem Auto quer durch Manhattan musste, kam ich mir vor wie im Fahrsimulator.

Auf höchster Spielstufe.

Ausgestattet mit einer Wegbeschreibung - selbige mit Tesa am Lenkrad befestigt - und dem festen Willen, nicht zu weinen, suchte ich mir meinen Weg.

Die Order, immer schön in der Mitte zu bleiben, stellte sich auf den oft vierspurigen Straßen als wenig hilfreich heraus. Ebenso wenig hatte ich Muße, die George-Washington-Brücke zu bewundern, da ich kurz zuvor festgestellt hatte, dass ein erneuter Spurwechsel nötig war. Und zwar sofort.

Und bei den dutzenden Stops blickte ich nicht selten etwas neidisch auf einen gelangweilt dreinschauenden Chauffeur einer Stretchlimousine hinunter (ich fuhr Van und saß entsprechend höher). Dieser trank seelenruhig seinen Kaffee und telefonierte, während ich Manhattans Skyline auch im Rückspiegel noch atemberaubend fand.

Mit zunehmender Fahrpraxis in diesem Ameisenhaufen stellte sich später auch bei mir so etwas wie Routine ein.

Doch ein kleines Abenteuer ist das Fahren in Manhattan noch immer für mich.

Fremde Länder ...

Nach Ansicht vieler Europäer ist die Freundlichkeit der Amerikaner nur aufgesetzt und schlichtweg übertrieben, doch als Neuankömmling in den Staaten empfand ich die Mentalität der Einheimischen als sehr hilfreich.

Beim ersten Versuch, das Auto aufzutanken, scheiterte ich an der Logik der Zapfsäule. Es piepte und blinkte, es gab zu viele bunte Knöpfe und die Preise erschienen mir allesamt astronomisch tief.

Hilfe fand ich bei meinem Gegenüber an Säule fünf, einem sichtlich gut situierten Herren, ganz in Tweed. Dazugehörig ein chromblitzender Jeep in Übergröße. Seine Begleitung trug eine bläulich schimmernde Dauerwelle (und ansonsten nur rosa) und zusammen erreichte dieses Paar mühelos zweihundert Jahre Lebenserfahrung.

Seitdem weiß ich, wie ich mein Auto auffüllen kann und dass man in den Staaten beim Tanken mit Kreditkarte die Geheimnummer mitunter vor Beginn der Tankaktion eingibt und dass das Piepen der Zapfsäule nach dem Tanken einen lediglich daran erinnern, soll, zu bezahlen.

Falls man das nicht schon vorher mit der Kreditkarte getan hat.

Doch viel lieber ließ ich Tanken und fühlte mich jedesmal ziemlich erhaben, wenn ich den 20-Dollar-Schein lässig durch das Fenster reichte - einmal volltanken, bitte!

Fremde Länder riechen anders

Woran erinnern Sie sich bei einem Geruchsgemisch aus Kerosin, Sonnenmilch, Teer, Parfümproben und Desinfektionsmittel? Richtig, an einen spanischen Flughafen während der Hauptsaison.

Doch solch markante Gedächtnisstützen gibt es nicht nur in südlichen Landen.

Bei meiner ersten Ankunft am John-F-Kennedy Flughafen in New York fühlte ich mich fast wie in Spanien. Zum einen wegen der vertrauten Gerüche, zum anderen aufgrund der Temperaturen.

Es war ein tropischer Juli mit mindestens fünfunddreißig Grad im Schatten. Die Temperaturen in der Sonne konnten nicht ermittelt werden, da in Kanada die Wälder brannten und der Wind die Rußpartikel bis nach New York blies. Die Stadt war in dicken Rauch gehüllt und zu den Flughafengerüchen gesellte sich eine Art Lagerfeueratmosphäre.

Diese Romantik wurde von der Großbaustelle vor dem Terminal nur minimal beeinträchtigt.

Als ich das nächste Mal in New ankam, war es klirrend kalt und klar. Die Bauarbeiten waren beendet und ich hätte liebend gern die Auspuffabgase des Airportshuttles in Kauf genommen, doch die Busfahrer wollten am kommenden Tag streikten und übten schonmal dafür. Der offizielle Fahrplan war also lediglich Makulatur.

Noch viel unvergesslicher und eigentlich unbeschreiblich sind die "Düfte" auf afrikanischen Flughäfen.*

Hier mischen sich die Dünste lokaler Spezialitätten mit dem (Angst)-Schweiss der Fluggäste; irgendwo ist ein Ablussrohr verstopft und die zwei mageren Ziegen, die auf dem Gepäckförderband schlafen, haben garantiert keine Ausreisegenehmigung!

Diese Plätze zeichnen sich zudem durch unglaubliches Menschengewühl sowie sehr unzuverlässige Fluginformationen aus und durch Gebühren an Orten, an denen man eigentlich keine mehr erwartet.

Am internationalen Flughafen Accra Kotoka muss man sich als erstes einen gangbaren Weg durch die Menschenmasse vor dem Eingang bahnen; dann all sein einheimisches Geld aus-, oder besser gesagt, abgeben, mehrere Kontrollstellen passieren und zum Schluss wird man aufgefordert, eine Abfluggebühr in ghanaischen Cedis zu entrichten.

An dieser Stelle wird dem Fluggast etwas mulmig zumute, denn er hat doch offiziell gar keine Cedis mehr und will auf keinen Fall unangenehm auffallen (es wimmelt von Militär) oder gar seinen Flug verpassen.

Der Wachposten zeigt sich glücklicherweise sehr entgegenkommend und man darf die Gebühr in amerikanischen Dollars bezahlen. Gegen einen Aufschlag von vierhundert Prozent auf den ursprünglichen Preis. Wegen der Unkosten.

Danach kriegt man noch mehr bunte Stempel in den Reisepass und wird in den Transitraum geleitet. Verspürt man während der Wartezeit hier ein menschliches Bedürfnis, muss man bis zum Abflug warten. Toiletten gibt es nur im Erdgeschoss und dazwischen liegen drei Kontrollstellen.

Also verkneift sich der Passagier das eigentlich Lebensnotwendige - nämlich das Trinken und das Entsorgen der Körperflüssigkeit - bis er im relativ neutral riechenden Flugzeug sitzt. Da gibt es dann wenigstens eine funktionierende Beleuchtung und fließend Wasser.

* Die beschriebenen Umstände in Accra Kotoka beziehen auf die Situation dort Anfang der neunziger Jahre. Inzwischen mag sich einiges geändert haben.

Wenn einer eine Reise bucht

Kann der Reisende auf Flügen über die Landesgrenzen hinaus so einiges erleben, so ist dies durchaus auch bei Ausflügen möglich, die sich innerhalb der Staatsgrenzen abspielen. Zumal es das betreffende Land - es handelt sich um die Vereinigten Staaten von Amerika - größenmäßig betrachtet, ohne weiteres mit manchem Kontinent aufnehmen kann.

Nachdem uns der diesjährige Winter sehr eindrucksvoll von den regionalen Naturgewalten überzeugt hatte, gingen die Schneefälle - von ein paar sonnigen Tagen im März mal abgesehen - in monsunartigen Regen über. Und dieser Zustand änderte sich in den folgenden drei Monaten nicht.

Selbst die Moderatoren des Wetterkanals machten deprimierte Gesichter und kündigten noch mehr Regen an. Manchmal mit dem zaghaften Hinweis, die Niederschläge seien gut für den Boden und überhaupt sei es im Frühjahr achtzehnhundertzwölf (oder so) viel schlimmer gewesen.

Sicher, die Grashalme wuchsen in Rekordgeschwindigkeit, ebenso sämtliche Unkräuter. Die Bäume ließen unter diesen Wassermassen die Köpfe hängen und in der knietiefen Regenlache auf der Poolabdeckung trafen sich die kanadischen Graugänse zum Baden.

Ich wäre auch gerne mal wieder in einen Swimmingpool gesprungen. Doch die diesjährige Badesaison schien, im wahrsten Sinne des Wortes, ins Wasser zu fallen.

Um zu verhindern, dass mein Stimmungstief in Depressionen umschlug, entschloss ich mich, zusammen mit einer Leidensgenossen, zur verübergehenden Flucht in den sonnigen Süden.

Was Mallorca für die deutschen Touristen verkörpert, ist Florida für die Amerikaner. Und dorthin sollte die Reise gehen. Zum ersten Mal flog ich nicht mit vertrauenswürdigen (und teuren) Reisebürotickets, sondern lediglich mit ein paar Nummern auf einer selbstausgedruckten DIN-A4-Seite.

Was uns einige hundert Dollar Reisekosten ersparte und zu meinem grenzenlosen Erstaunen reibungslos funktionierte. Zwar hatten wir keine Nonstopflüge bekommen, aber das war es uns wert.

Die erste Reiseetappe führte vom New Yorker Kennedy-Flughafen nach Atlanta. Das Bodenpersonal begutachtete beim Einchecken sämtliche Handgepäckstücke und sortierte rund zwei Drittel aus, weil zu groß und zu schwer. Wir fragten uns wiederholt, warum manche Menschen richtiggehende Koffer mit in die Maschine nehmen, anstatt sie aufzugeben.

Dann warteten wir auf den Abflug.

Die offizielle Abflugzeit nahte, war erreicht und ging vorüber. Unsere Umsteigezeit in Atlanta betrug eine Stunde und das Zeitfenster wurde zusehens kleiner.

Ein Mikrophon knisterte und uns wurde mitgeteilt, dass der Abflug sich leider etwas verzögern würde (das hatten wir inzwischen mitbekommen). Die Besatzung war am Abend zuvor zu spät aus Kanada eingetroffen, die gesetzlichen Ruhezeiten müssten jedoch eingehalten werden und mit dem Einsteigen würde in zehn Minuten begonnen werden.

Welchen Unterschied diese paar Minuten machten, war uns nicht ganz klar; doch zumindest der Sinn der Handgepäcksortierung eröffnete sich uns, als wir an Bord gingen.

Die Maschine hatte rund dreißig Sitzplätze, das Cockpit die Größe einer Telefonzelle - einen Copiloten gab es offenbar nicht - und die einzige Stewardess saß ganz vorne auf einem Klappstuhl, den Fluggästen zugewandt, wie ein Lehrer vor seinen Schülern.

Die dreifach verstärkte Stahltür zum Cockpit wäre eigentlich gar nicht nötig gewesen. Denn, wer immer sich Zutritt dorthin verschaffen wollte, müsste zuerst die Flugbegleiterin von ihrem Sitz vertreiben, selbigen zusammenfalten - und bis dahin wäre der Zielflughafen ohnehin erreicht worden.

Auf den Weg zu den Restaurationsräumen fand ich später doch noch den Copiloten. Schlafenderweise in der letzten Reihe. Anscheinend nahm diese Fluglinie es sehr genau mit den Ruhezeiten. Da auch die Stewardess recht übermüdet schien, blieb nur zu hoffen, dass der Pilot wach war.

Die Zeiten, in denen man auf Inlandsflügen etwas zu essen bekam, sind auch in den USA endgültig vorbei und bei unserem Flieger war auch noch die Kaffeemaschine defekt.

Der Mechaniker fragte an, ob wir die viertel Stunde warten wollten, dann hätte er den Schaden eventuell behoben, doch die Mehrheit stimmte für ein sofortiges Starten. So auch wir. Noch dreißig Minuten in Atlanta.

Als der Pilot davon erfuhr, gab er sogar ein bisschen mehr Gas und wir waren nicht nur pünktlich, sondern sogar überpünktlich dort. Höchstwahrscheinlich wollte der gute Mann endlich ins Bett.

Der Flieger für die nächste Etappe war um einiges größer, dafür viel unpersönlicher, doch als wir durch die mittäglichen Gewitterstürme flogen, fühlten wir uns etwas sicherer, als in Stoppelhopser Nummer eins.

Auf dem Rückflug war ein Umsteigen in Indianapolis geplant. Diesmal hatten wir lediglich eine halbe Stunde

Umsteigezeit, waren jedoch guter Hoffnung, nach den Erlebnissen des Hinfluges. Wie schon in New York, so mussten wir auch in Tampa erstmal warten. Etwas verunsichert waren wir jedoch, als an unserem Flugsteig Flüge abgewickelt wurden, deren Startzeit lange nach der unseren lag. Schließlich kam eine Durchsage uns betreffend. Bei der Maschine sei ein Reifen geplatzt. Der Ersatzreifen käme auf dem schnellsten Wege aus Orlando und sei im Laufe des Nachmittags - jetzt war zwölf Uhr mittags - hier.

Ade, Anschlussflug! Wir sahen uns im Geiste um Mitternacht auf einem fremden Flughafen campieren und vor uns allesamt ausgebuchte Weiterflüge nach New York.

Doch statt dessen bot man uns an, mit einem anderen Flug nonstop zu reisen. Allerdings zum La Guardia Airport in New York und nicht zum John-F-Kennedy Flughafen. Wir stimmten zu und konnten nun geschäftige Männlein auf dem Rollfeld hin- und herlaufen sehen, die unser Gepäck von Hand umluden. Trotz all der Verspätung waren wir am Ende eine Stunde eher als geplant in New York und fühlten uns, als wir das Empire State Building in Regen und Nebel versinken sahen und die allgegenwärtigen Polizeisirenen hörten, gleich wieder ganz daheim.

Die Gefahren des Straßenverkehrs

Autofahrer in New York sehen sich in den Sommermonaten vor eine schwierige Frage gestellt: Fenster auf oder Fenster zu?

Letzteres wird aus Sicherheitsgründen empfohlen und ist in der kalten Jahreszeit auch gut einzuhalten. Aber bei fünfundzwanzig Grad im Schatten?

Die Cabriobesitzer scheren sich aus Tradition nicht darum, man will ja schließlich zeigen, was man für viel Geld erworben hat.

Bislang war ich eher ein Verfechter der geschlossenen Variante, hatte jedoch stets neidisch auf all die gebräunten Arme und Ellenbogen geschielt. Und mich dann dazu entschieden, auch meine Fenster zu öffnen.

Der Verbrechensrate befand sich angeblich auf dem Tiefpunkt - was nach meinem Verständnis nur bedeuten kann, dass sie nicht weiter sinkt und folglich früher oder später wieder ansteigen wird - die frühsommerlichen Temperaturen waren dagegen auf dem Höhepunkt und der alltägliche Berufsverkehrswahnsinn hatte heute noch nicht eingesetzt.

Von meinem erhöhten Sitz hinter dem Lenkrad beobachtete ich die Jogger, die an den Ampeln auf- und abhüpften und die armen Hunde (gemeint sind nicht die

Menschen!), die ihr Leben in Appartements fristen und nur zur Gassirunde angeleint und ausgeführt werden.

Vielleicht hätte ich der Baustelle an der Ecke etwas mehr Beachtung schenken sollen, statt die vierbeinigen und die zweibeinigen New Yorker zu begutachten - dort mischte nämlich ein überdimensionaler Betonmischer Beton. Und verteilte großzügig Spritzer. Als ich das kommende Unheil bemerkte, war es jedoch schon zu spät.

Ein Tropfenregen aus zukünftigem Beton ergoss sich über die Fahrerseite meines Autos, über die Windschutzscheibe und, dank des geöffneten Fensters, über mich.

Einer der Jogger, der auf das WALK-Zeichen wartete und gerade noch rechtzeitig ausweichen konnte, tröstete mich, der Matsch würde schnell trocknen und dann von alleine abfallen.

Seitdem fahre ich auch im Hochsommer mit geschlossenen Fenstern!

Nördlich der Großstadt New York schlängelt sich der Fluss Hudson durch ein Tal mit sanften Hügeln, dichten Wäldern und weiten Feldern.

An Sommerabenden, wenn die große Hitze des Tages nachlässt, stimmen die Grillen ihr Konzert an. Die Luft ist erfüllt von fremdartigen Geräuschen. Armeen von Glühwürmchen tauchen wie kleine Außerirdische aus dem Nichts auf. Rotwildherden verlassen die Wälder auf der Suche nach Futterplätzen.

An so einem Sommerabend befand ich mich auf dem Heimweg durch die beginnende Nacht.

Sommerabend am Hudson

Das Blätterrauschen scheint vertraut.
Ich kenn den Wind von Westen her,
der sich zu einer Brise braut,
auf seiner Reise übers Meer.

Jedoch ich kenn die Bäume nicht,
auch nicht den Himmel hoch und weit.
Der Wind trägt selten Salz mit sich
in meinem neuen Heim auf Zeit.

Die Wolken ziehen andernwegs,
des Abends Stimmen sind mir neu.
Nur Glühwürmchen sind unterwegs
und leuchten meine Wege treu.

Die Grillen enden ihr Konzert;
es brennt ein Licht in lauer Nacht.
Die kleine Pforte nicht versperrt
habt Dank, dass ihr an mich gedacht.

Fahrt der Sterne
Nachtexpress

Die Zeit vergeht im sanften Einerlei
süßes Nichtstun
die Augenlider schwer wie altes Blei
endlich Ausruhn
Die Glieder allesamt mal von sich strecken
ein paar Stunden
und sich auf weichen Daunenkissen recken
unumwunden

in Träumen schwelgen und in Phantasien
leicht, gelassen,
aus Alltagsbildern werden Utopien
loslassen

bis dann die ersten Sonnenstrahlen leise
und verstohlen
dich wiederbringen von der Traumzeitreise
dünne Sohlen
betreten dein Abteil, man sagt,
sehr gerne besorgen
wir Karten für die nächste Fahrt der Sterne
Guten Morgen!

Zehn Herzschläge

Sie ging durch die verschlafenen Vorstadtstraßen.

In den Bäumen sangen lauthals die ersten Vögel und die Blumen in den Vorgärten verströmten einen milden Duft. Noch war es nicht völlig hell, doch der klare Himmel ließ ahnen, daß dieser Tag sehr schön werden würde.

An den meisten Fenstern waren die Jalousien noch geschlossen, die Autos standen vor den Häusern und eine große Stille lag über der ganzen Gegend.

Weit entfernt konnte sie Verkehrsgeräusche ahnen, sie kamen von der Schnellstraße, dort kehrte selbst mitten in der Nacht nie Ruhe ein.

Die ersten Sonnenstrahlen brachen durch die Bäume und ließen die Straße freundlich und warm erscheinen.

Sie wechselte die Straßenseite, um in der Sonne gehen zu können.

Vor einem Hauseingang rekelte sich eine große getigerte Katze im Morgenlicht, um dann weiterzudösen.

"Na, Katinka, du bist ja faul wie immer!" grüßte die Frau sie. Doch Katinka schwelgte längst schon wieder in süßen Träumen von Mäusen und dem gutgebauten Kater von gegenüber.

Die Frau bog in eine Seitenstraße ein, hier war es noch ländlicher und auch von der Schnellstraße war nichts mehr zu hören.

Vom Dach des rot geklinkerten Hauses gurrten die Tauben, wie jeden Morgen.

Sie nahm die vertrauten Laute in sich auf und genoss die zarten Sonnenstrahlen auf ihrem Gesicht. Ihr Schritt wurde langsamer, sie wechselte die schwere Tasche in die andere Hand und betrachtete die bekannten Häuser.

Eine Tür klappte.

Mr. Robertson trat hinaus auf die flachen Stufen zur Straße, in ausgebeulten Hosen und in einem blütenweißen Unterhemd, mit Hosenträgern. Er sammelte die Zeitung auf, warf einen prüfenden Blick in das Vogelhäuschen neben der Treppe.

Es war wie immer.

Dann fiel sein Blick auf die Frau.

"Guten Morgen, Mister Robertson." sagte sie freundlich und versuchte unbeholfen, ihm zuzuwinken, doch ihre Tasche war zu schwer, um sie herumzuschlenkern.

Sein Blick erstarrte und er schien zu überlegen.

Er erkennt mich nicht, sagte sie sich und ging rasch weiter.

Sie war gleich da.

Noch zwei Häuser.

Die Tasche wurde scheinbar immer schwerer. Kurzatmig blieb sie einen Moment stehen und ließ die Gefühle auf sich wirken.

Was hatte Matteo immer gesagt? "Heimkehr ist, wenn das Herz zehn Schläge macht - vorher erscheint einem das Leben endlos und wenn es soweit ist, hat nichts auf der Welt länger als zehn Herzschläge gedauert."

Matteo.

Sie gönnte sich, zehn Herzschläge an ihn zu denken und warf dabei wie üblich einen Blick gen Himmel.

"Kannst du mich sehen?", fragte sie in die strahlende Bläue.

Es kam keine Antwort.

Doch sie war sich sicher, er würde sie sehen.

"Ein Ortswechsel wird Ihnen guttun.", hatte der Pastor ihr geraten. "Fahren Sie zu vertrauten Menschen. Matteo wird Ihnen überallhin folgen. Sie werden noch eine Weile brauchen, um sich zu erholen. Fünfzehn Jahre sind eine lange Zeit." Dann hatte er ihr tröstend den Arm um die Schulter gelegt und sie an sich gedrückt, wie ein kleines Kind.

Fünfzehn Jahre.

Die Frau nahm ihr Gepäck wieder auf und legte raschen Schrittes die restlichen Meter zurück.

Der vertraute Vorgarten, Ma's üppige Hecke, die das Haus scheinbar vor allem Bösen schützen sollte. Auf der untersten Treppenstufe lag die Zeitung.

Im Vogelhäuschen balgten sich lautstark die Meisen und im Sonnenlicht wirkten die Fenster wie große Augen, die sie fragend anschauten.

Behutsam ging sie durch die enge Pforte. Schloss leise das Tor hinter sich, hob die Zeitung auf und drückte sanft die Türklinke hinunter.

Ma schloss niemals ab.

Sie roch die vertrauten Gerüche, als sie einen Schritt in den Flur trat.

Dann stellte sie die Tasche endgültig ab, atmete tief ein und flüsterte:

"Zehn Herzschläge.".

Nach Helgoland mit dem Schiff

Lass dir die Sonne auf den Pelz brennen
ganz oben, auf dem Liegestuhldeck,
wo dir der Seewind um die Ohren pfeift,
vermischt
mit Gischt
und Möwendreck.

Lass dich vom unendlichen Blauen wiegen,
wie die Heuler dort auf der Minisandbank,
wie Möwen von Insel zu Inselchen fliegen -
mit Diesel im Tank.

Genieß das beschauliche Leben,
hier an der Waterkant.
Und schick deinen treuesten Freunden
Grüße von Helgoland

Amrum

Hab euch alle liebgewonnen
jedes Körnchen Sand
schnell ist hier die Zeit verronnen
grad' erst hat die Flut begonnen
noch ein letztes Mal zum Strand

Jahreszeiten sind gegangen
einsam wacht der Turm
kenn' die Dünen schneeverhangen
sah mich um dies Eiland bangen
bei dem letzten Sturm

Wolken sind so schnell gezogen
wie von Zauberhand
Abschiedsschmerz ist nicht gelogen
letzter Blick noch auf die Wogen
schmaler wird das Land

Leuchtturm, schickst dein Licht ins Ferne
doch kein Land in Sicht
wiederkommen würd' ich gerne,
wenn sie günstig steh`n, die Sterne,
Insel - dich vergisst man nicht

Zuflucht

Hab mein Heim gefunden,
in der Blätter Rauschen.
Selbst in dunklen Stunden
möchte ich nicht tauschen.

Kann das Lied der Käfer
und die Grillen hören.
Selbst ein lauter Schläfer
kann den Traum nicht stören.

Fühle mich geborgen
wie von starken Armen.
Schenke ihm für morgen
ganz geheime Namen.

Hab den Ort gefunden,
den verwunsch`nen Garten.
Sag dir unumwunden,
werd ihn nicht verraten!

In der Fremde

Kenne diese Straßen nicht
und nicht diese Bäume.
Und ich hab seit gestern erst,
fremdsprachige Träume.

Kenne eurer Essen nicht
und die Traditionen,
auch die Witze sind mir fremd,
und die Art zu Wohnen.

Selbst der Hund versteht mich nicht,
ebenso ich ihn.
Oftmals lach und weine ich
und möcht heimwärts fliehn.

Manchmal ist es einfach schön,
alles frei und neu.
Manchmal bin - erwachsen ich -
wie ein Kind so scheu.

Das Vertraute ist weit fort
manches scheint verloren
Fühl mich dennoch anderntags
oft wie neu geboren.

Vielleicht ist es grade dies
sich selbst Überwinden.
Einen Schritt ins Fremde gehn -
um nach Haus zu finden.

Das Reisen an sich

Kennen Sie diese Survivalratgeber, die einem ausführlich erklären, wie man sich im Dschungel gegenseitig den Blinddarm rausnehmen kann und was man beim Biss eines giftigen Tieres zu tun hat?

Fangen Sie die betroffene Stelle ein und binden Sie das Tier ab. Oder so ähnlich.

Mitunter beinhalten diese Bücher aber auch brauchbare Tips, nur sind sie dann nicht immer unbedingt hundertprozentig praxistauglich. Zwar wird der Leser darauf hingewiesen, dass die Nudeln rund zwanzig Minuten kochen müssen, damit das Wasser wirklich keimfrei ist, doch niemand warnt einen davor, die Nudeln vor dem Servieren abzuschrecken.

Und dazu benutzt man in der Regel kaltes Leitungswasser.

Auch sind Anleitungen zum Aufbau eines Moskitonetzes nicht immer brauchbar. Es sei denn, man schläft im Stehen unter dem Netz.

Haben Sie schonmal über den Begriff "Gepäckaufgabe" nachgedacht?

Warum heisst das so?

Ist es Zufall, eine unglückliche Wortwahl?

Nein, meiner Meinung nach soll es den Reisenden von

allen überzogenen Erwartungen befreien, seine Koffer nach der Landung wiederzubekommen.

Ein Beispiel gefällig?

Meine Eltern kamen nach einem mehrmonatigen Auslandsaufenthalt lediglich mit ihrem Handgepäck heim, was den zahlreich an den Fenstern versammelten Nachbarn dann doch einige erstaunte Blicke entlockte.

Sie konnten beruhigt werden.

Aufgrund von Turbulenzen in der Luft hatte sich die Transitzeit beim Flugzeugwechsel auf magere zehn Minuten verringert.

Die menschliche Fracht hatte die drei Kilometer quer durch alle Terminals zwangläufig im Laufschritt zurückgelegt.

Das Gepäck hatte es jedoch nicht mehr geschafft.

Am Heimatflughafen entlockte diese Tatsache dem Bodenpersonal lediglich ein müdes Lächeln und die Aussage: "Die Koffer kommen übermorgen."

UNSER HAUS AUF DEM HÜGEL
AFRIKANISCHE IMPRESSIONEN

Daheim in der Ferne

Fotoalben können ziemlich langweilig sein - Geschichten dagegen haben einen viel höheren Unterhaltungswert. In diesem Sinne möchte ich meine Erlebnisse, Eindrücke, Gedanken festhalten. Diese ganz besonderen Momente bannen für jetzt und später.

Ich bin mit Erzählungen aufgewachsen; mit Geschichten von fremden Ländern, fernen Kontinenten, zwischen Mitbringseln von überall her. Meinen Weltatlas habe ich in Gedanken bereist, den alten beleuchtbaren Globus geliebt.
Und von der Atmosphäre eines Flughafens kann ich auch heute, Jahre später, nicht genug bekommen.
Stundenlang könnte ich in einem Terminal sitzen und die Reisenden beobachten, die Hastenden, die Müden, die Aufgeregten und die professionell Abgebrühten. Ich mag die riesigen Anzeigetafeln, die ratternd umklappenden Schriftzüge, die blinkenden Monitore - und den Geruch der großen, weiten Welt, den sie verströmen.
Einmal mit dem Reisefiebervirus infiziert, gibt es kaum Chancen auf Heilung.
Ausgestattet mit einem reisefreudigen Elternhaus (und dem rechtzeitigen Fall des steinernen Wall zwischen

Deutschland und Deutschland) kam ich mitten in der Pubertät in den Genuss eines mehrjährigen Aufenthaltes in Westafrika und zu der Erkenntnis, dass es ratsam ist, sein Heimatland des öfteren für eine Weile zu verlassen . Oft merkt man erst aus der Ferne, was Heimat für einen selbst wirklich bedeutet und welche Annehmlichkeiten man tatsächlich unbedingt zum Leben braucht.

Ich lernte, dass es Millionen von Menschen gibt, die ein Leben führen, das so derartig anders ist - und dass wir dennoch alle Menschen sind, denen eine Portion Humor und ein Lächeln den Alltag etwas erleichtern kann.

Ich habe gelernt, offen zu sein für Neues und Selbstverständliches mitunter in Frage zu stellen und eigene An-Gewohnheiten - und die der Artgenossen - mit mehr gesunder Distanz zu betrachten.

Man lernt, die kleinen Freuden des Alltags neu zu entdecken und behält manche Gewohnheiten bei: Ich schaue auch heute noch in jeden Schuh, bevor ich ihn anziehe. Eine Kakerlake im Clog hat mich das gelehrt!

Ich kann mich über fließend Wasser, heißes und kaltes, freuen und gerate nicht in Panik, wenn mal die Lichter aus gehen oder der Klempner anrückt.

Zudem bin ich zu der Erkenntnis gekommen, dass *wir* nicht unbedingt der Nabel der Welt sind. Falls es den überhaupt gibt.

Ich weiß, wie schnell ein Jahr vergeht, wie schnell Erlebnisse verblassen und dass die alten Fotoalben sehr schnell niemand mehr sehen will.

Die Geister, die ich rief...

Wenn man als sogenannter Erstweltler in die sogenannte Dritte Welt zieht, wird von einem erwartet, dass man nicht nur den Absatz von landestypischen Produkten ankurbelt, sondern auch die örtlichen Arbeitslosenzahlen senkt und Personal einstellt.

Als Normalbürger bislang ohne Angestellte auskommend, fanden wir den Gedanken anfangs etwas befremdlich. Doch: Andere Länder, andere Sitten!

Nun hatten wir also Henry, der mit Frau und grob geschätzt zwölf Kindern gleich nebenan wohnte und nachts in einem ausgemusterten Armeemantel bei uns vorm Tor saß (und schlief). Unter seinem Mantel trug Henry mit Vorliebe rosafarbende Boxershorts und sonst gar nichts.

Henry war bewaffnet mit einem altertümlichen Gewehr und hat es meines Erachtens nie benutzen müssen, weshalb wir dessen Funktionszustand nie beurteilten konnten.

Henry war auch tagsüber immer zur Stelle, um den Peugeot anzuschieben, ausgerissene Hühner einzufangen, den Wackelkontakt in der Wassertankpumpe ausfindig zu machen oder Mam aus dem oberen Badezimmer zu befreien, weil ihr eine handtellergroße Spinne den Weg versperrte und ich mich weigerte, sie (die Spinne) mit dem Latschen zu erschlagen.

Doch es gab noch mehr Personal.

Zuerst wurde James eingestellt. Er sollte uns helfen, das Haus sauberzuhalten. Er interessierte sich jedoch mehr für das jugendliche weibliche Inventar des Hauses (mich) und als wir ihn endlich von einer möglichen Heirat mit mir abbringen konnten, verschwand er eines Tages unter Mitnahme eines rosa Bettlakens auf Nimmerwiedersehen.

Wir hatten also Ersatz zu suchen.

Viktor wusste Rat.

Er kellnerte am Strand und besserte sein Gehalt mit von Zuschauern gesponsorten Boxkämpfen auf. Die Cousine vierten Grades seiner verschwägerten Tante - oder so ähnlich - sei auf Jobsuche.

Wir stimmten einem persönlichen Vorstellungsgespräch zu und zwei Tage später hockten Viktor und seine Anverwandte in unseren Korbstühlen. Salome war neunzehn, schwarz wie die Nacht, was an einem aus Togo stammenden Vater lag und fast zwei Meter groß. Sie war von ausgesprochen freundlicher Natur und ihr oblag nun die Sauberhaltung des Hauses und das Bügeln sämtlicher Wäschestücke.

In Ghana gibt es eine Fliegenart, die ihre Eier mit Vorliebe in feuchte Wäschestücke ablegt und dann den

Träger das Leben mit hässlichen Beulen erschwert. So verbrachte Salome des größten Teil des Tages auf dem Esstisch sitzend und bügelnd. Bei dieser Tätigkeit sang sie wunderschön und ersetzte mühelos das fehlende Radio.

Wir gewährten Salome freie Unterkunft und Verpflegung. Ersteres nahm sie gerne an, hatte sie doch daheim ihr Bett mit einer Schwester zu teilen und hier gehörte ihr ein, wenn auch winziges, Häuschen ganz alleine. Henry schlief ja bei seiner Familie beziehungsweise bei uns vorm Tor.

Um ihre Verpflegung wollte sie sich jedoch selbst kümmern. Der Inhalt unseres Kühlschranks war ihr sehr suspekt, zudem betrieb Henrys Frau eine Art Imbissbude und bot in Bananenblätter gewickelte Gerichte feil.

An den Wochenenden hatte Salome frei und nachdem sie Freitagsabend bezahlt wurde, machte sie sich unter Mitnahme unseres Leerguts auf den Weg in ihr Heimatdorf.

Meist trug sie Kleidungsstücke von "Madame", wie sie Ma nannte, die im Laufe der Woche nicht entfernbare Flecken aufgewiesen hatten und nach Weitergabe an Salome plötzlich wieder wie neu erstrahlten.

Mit Henry verstand sie sich sehr gut. Oft sah man die beiden nach Einbruch der Dunkelheit gemeinsam vor dem

Tor sitzen. Dabei unterhielten sie sich in einem für westliche Zungen kaum erlernbaren Idiom und verscheuchten die Moskitos oder die aufdringlichen Ziegen, die sich manchmal auf der Suche nach Futter den Hügel hinauf zu uns verirrten.

Meine Schulbücher betrachtete Salome stets mit großer Bewunderung - ich hätte ihr meine Chemie- und Physikunterlagen gerne überlassen! - und wenn mal wieder ein Chemie-Heimexperiment angesagt war (wir lassen Salzwasser verdunsten und betrachten dann die Kristallbildung), machte sie um das betreffende Zimmer stets einen großen Bogen.

Nach dem Ende unseres Afrikaaufenthaltes fiel beiden Seiten der Abschied schwer. Salome wurde er erleichtert durch eine großzügige Gratifikation und eine gebrauchte Nähmaschine, erforderliches Mitbringsel für die geplante Ausbildung zur Schneiderin.

Zum ersten Weihnachtsfest zurück in Deutschland bekamen wir Post aus Afrika, einen rührenden Brief mit der Bitte, doch zurückzukommen.

Oder zumindest neues Geld zu schicken.

Alle Wetter

"Regen ist etwas Schönes." sagt Julius Tantou immer und er hat Recht. Der Regen wäscht den Dreck aus der Luft und von den Straßen, lässt die armseligen Hütten in einem sauberen Glanz erstrahlen, ermöglicht den Kindern ein Vollbad und macht die Schlaglöcher auf den Buckelpisten unsichtbar.

Der Regen lässt die Blumen, Bäume und Sträucher erblühen, füllt die Wasserreservoirs auf und wird wabernde Nebelfelder auf der schnell wieder in der Sonne glühenden Straßen hinterlassen.

So plötzlich, wie sich des Himmels Schleusen geöffnet haben, wird der Spuk in ein paar Stunden vorüber sein. Regenzeit.

Die Palmen schütteln unwillig die Köpfe unter der Last des Wassers und das Quakkonzert der Frösche, das Sirren der Insekten und der lautstarke Gesang der Vögel verstummen für ein Weilchen.

Nach Ende des Schauers wird die Kakophonie unvermittelt wieder einsetzen.

In unserem Haus über den Hügel von Teshi Ngua sind sämtliche Fenster und Türen geöffnet, um etwas kühlere Luft einzulassen.

Der Blick auf den Atlantik - wenn auch nur ein schmaler

Streifen am Horizont - ist der undurchdringlichen Regenwand gewichen.

Eine wirkliche Abkühlung ist es nicht. Das Thermometer im Wohnzimmer zeigt beharrlich einunddreißig Grad Celsius.

Mit dem Einsetzen des Regen gehen die Lichter bei uns aus. Die notdürftig geflickten Elektrizitätsleitungen sind den Wassermassen nicht gewachsen.

An Stromausfall sind wir gewöhnt. Dann taut der Kühlschrank wieder ab und abgesehen von meinen, im wahrsten Sinne des Wortes, dahinschmelzenden Nutellavorräten bleibt die Küche kalt. Und der Ofen aus.

Ohne Strom funktioniert auch der winzige Schwarzweiß-Fernseher im Wohnzimmer nicht. Doch sein Empfang beschränkt sich ohnehin auf CNN und den ghanaischen Sender, in dem das Highlight des Tages der nationale Wetterbericht ist.

Schon lange, bevor es in Deutschland Mode wurde, aus den atmosphärischen Gegebenheiten eine Fernsehshow zu machen, hatte GBC die Idee dazu.

Bar jeglicher technischer Errungenschaften dient ein Flipchart mit den Umrissen des Landes - die drei größeren Städte sind eingezeichnet - als Karte. Ein maltalentierter Afrikaner mit Filzstift und Zeigestock komplettieren die Studioausstattung.

Es regnet vorzugsweise nachts, doch mehr und mehr gesellen sich auch tagsüber Schauer dazu.

Die Fahrweise auf den Straßen hat sich den Witterungs-bedingungen angepasst, die Pfützen werden, wo möglich, umfahren. Muss man dafür mitunter auch die Spur oder sogar die Straßenseite wechseln. Der Gegenverkehr hat in der Regel Verständnis dafür.

Überhaupt ist die Lage auf den Straßen und Pisten auch in der Trockenzeit sehr entspannt. Man wird rausgewunken und vorgelassen und freundlich begrüßt.

An Kreuzungen hat das größere Fahrzeug Vorfahrt, wenn der Verkehr nicht durch einen sehr engagierten, auf einem ungestülpten Bierfass stehenden, Polizisten geregelt wird. In Accra gibt es eine Verkehrsampel. Sie steht an der Kreuzung zweier Sandwege im Norden der Stadt und dient nur Dekorationszwecken.

Anfangs noch etwas ängstlich hat sich Ma schnell der schwungvollen Fahrweise der Afrikaner angepasst und diese dann später nach Deutschland importiert.

Nachtflug

Schwarze Nacht unter uns, um uns herum dunkle Wolken. Kein Mond und keine Sterne sind zu sehen. Nur das gleichmäßige Brummen des Flugzeugturbinen ist zu hören.

Totale Finsternis.

Die Luft im Flugzeug kühlt sich langsam auf eine erträgliche Temperatur ab. Beim Abflug herrschten rund fünfunddreißig Grad. Im Schatten.

In der Kabine nur spärliche Beleuchtung.

Die meisten Passagiere schlafen schon seit dem Abflug vor zwei Stunden.

Langsam nähert sich die Maschine der ersten Reiseetappe. Ein letztes Auftanken auf dem afrikanischen Kontinent. Bevor es weiter geht nach Europa.

Der Sinkflug hat begonnen. Die "Bitte-Anschnallen"-Schilder leuchten auf. Die routinierten Flieger haben sich gar nicht erst losgeschnallt. Die Luft über dem Kontinent birgt oft nicht unerhebliche Luftlöcher, die nicht immer angekündigt werden.

Noch immer kein Licht zu sehen.

Es scheint wirklich nur der modernen Technik zu verdanken zu sein, dass unser Pilot den Flughafen findet und nicht aus Versehen zweihundert Meilen vom Kurs abweicht.

Angestrengtes Spähen aus den Fenstern. Die Maschine fliegt nun so tief, daß die Palmenwipfel ausgemacht werden können und vereinzelte Hütten. Straßen bzw. Straßenbeleuchtung? Fehlanzeige.

Der Erdboden scheint zum Greifen nah, doch die Passagiere wissen, was jetzt kommt. Und halten sich fest. Scheinbar kaum eine Handbreit über dem Boden donnert das Flugzeug entlang, um dann in einer steilen Kurve wieder aufzusteigen. Beim Blick hinaus sieht man Dutzende von Menschen, die aus dem Nichts auftauchen, Fackeln entzünden und sich in zwei Reihen aufstellen, die brennenden Bündeln in den Händen haltend.

Landebahnbeleuchtung auf Afrikanisch.

Und es funktioniert.

Beim zweiten Anflug ist deutlich eine halbwegs ebene Schotterpiste zu erkennen, auf der das Flugzeug mit ein paar Hopsern aufsetzt. Niemand steigt aus, niemand steigt ein.

Die Türen werden dennoch geöffnet und der Geruch von Mückenspray wird fast unerträglich.

Eine Stunde lang tut sich nichts.

Dann rollt ein Tankwagen heran. Im Schritttempo.

Der Fahrer steigt aus, entrollt Schläuche und versenkt ein Schlauchende im Flugzeug. Dann entnimmt er der

Brusttasche seines zerschlissenen Blaumanns ein Päckchen Zigaretten und zündet sich eine an.

Leichtes Gemurmel in der Kabine.

So ist Afrika.

In den Mückensprayduft mischen sich Zigarettenqualm und Kerosingeruch.

Vielleicht hält das wenigstens die Moskitos vom Stechen ab.

Mit entnervender Langsamkeit rollt der Blaumann den Tankschlauch wieder zusammen, verschwindet kurz hinter dem Wagen. Dann rollt er im Schritttempo zurück.

Die Flugzeugtüren schließen sich.

Und wir starten, begleitet von winkenden Fackelträgern, unsere Reise nach Europa.

Auf großer Fahrt

Die in der Hitze flimmernde Straße erstreckt sich wie mit dem Lineal gezogen. Es geht immer schnurgradeaus. Stundenlang. Links und rechts erstreckt sich, was vom einstigen Regenwald noch übrig ist - undurchdringliches Dickicht.

Die Fahrbahn windet sich in endlosem Auf und Ab, lediglich unterbrochen von gelegentlichen Verkaufsständen, liegengebliebenen Lastern und Einheimischen in farbenfrohen Gewändern mit weitausladenem Gepäck auf dem Kopf.

Afrika.

Ich bin mit meinen Eltern auf dem Weg in eines dieser winzigen Buschdörfer, die auf kaum einer Karte verzeichnet sind. Wir wollen einen Freund besuchen.

Die Wegbeschreibung ist simpel genug: Erst geht es rund fünfhundert Kilometer geradeaus, dann müssen wir die geteerte Straße verlassen und uns quer durch den Busch schlagen.

Kumasi.

Eine Stadt wie ein Ameisenhaufen. Mit Straßen, die ins Nirgendwo zu führen scheinen, ohrenbetäubenden Märkten und einer mit Staub und Abgasen erfüllten Luft, die uns nicht vergessen lässt, dass die Küste weit hinter uns im Süden liegt und unweit im Norden die endlose Wüste beginnt.

Wir übernachten in einer Art Jugendherberge, einer Ansammlung von Holzhäusern auf Pfählen mit gackernden Hühnern am Fuß der Treppe, Waschräumen am anderen Ende des Hofes und handtellergroßen, fliegenden Spinnen an der Decke.

Die Löcher in den Moskitonetzen sind ebenso groß wie die Kakerlaken und als gegen vier der erste Hahn seinen Morgengruß kräht, erklären wir die Nacht für beendet und machen uns wieder auf den Weg.

Kurz hinter Kumasi endet die Straße fast ohne Vorwarnung und wir verlassen, so scheint es, die Zivilisation.

Der Pickup ächzt und rumpelt durch raumfüllende Schlaglöcher. Es gibt keine Schilder, keine Markierungen, nichts.

Als Straßenbeleuchtung fungieren blakende Kerosinlampen, die den Rest der Piste in gnädiges Dunkel tauchen.

Nach insgesamt rund zehn Stunden Fahrt sind wir am Ziel. Noch schwer beeindruckt von einer Begegnung fünf Kilometer vorher: Ein armdicker Schlauch hatte quer über der Fahrbahn gelegen, seine Enden verschwanden im Busch.

"Seit wann werden Wasserleitungen denn oberirdisch verlegt?" hatten wir gemutmaßt und einer inneren Eingebung folgend den Wagen angehalten.

Bei näherer Betrachtung schien sich der Schlauch zu bewegen, sich zu winden. Als das rechte Ende plötzlich sichtbar wurde, war klar: Es handelte sich um eine Schlange, um eine ziemlich große dazu und sie setzte seelenruhig ihren Weg fort.

John begrüßt uns mit einem schwanzwedelnden Hund an der Leine.

"Wegen der Schlangen." Wir nicken verstehend. "Und jetzt steht nicht draußen im Kalten rum," (es sind mindestens fünfunddreißig Grad im Schatten), " kommt rein. Der Strom ist leider grade weg, das Wasser müsste aber noch fürs Duschen reichen und wie gehts euch überhaupt?"

Der letzte Satz bedarf wohl einer Erläuterung.

Johns Dorf profitiert von der Anschaffung eines Stromgenerators, der von morgens bis abends für Elektrizität sorgt und mitunter den Geist aufgibt. Da die Wasserversorgung ähnlich sporadisch ist, stehen hinter Johns Haus zwei Wassertanks. Der untere ist ebenerdig und füllt sich mit dem frischen Nass, wenn die Dorfwasserleitung welches hergibt. Um nun für einen ausreichenden Wasserdruck zu sorgen, wird das Wasser in einen höherstehenden Tank gepumpt und gelangt von dort in die Hauswasserleitungen.

Ohne Strom kann jedoch kein Wasser hochgepumpt werden und dementsprechend kurz fallen unsere kalten Duschen aus.

Nach ein paar Monaten Leben in der afrikanischen Hauptstadt haben wir uns mit dem kalten Wasser abgefunden - sitzen wir doch in Accra auch öfter auf dem Trockenen. Und das Wassertankpumpsystem ist mit dem Johns identisch.

Stellt schon das Leben in einer afrikanischen Stadt ein Abenteuer für nichtafrikanische Gemüter dar, so ist das Leben zwei Tagesreisen im Busch mehr als gewöhnungsbedürftig. Ohne Telefon, ohne Einkaufsgelegenheit (die nächste ist in Kumasi) und von wilden Tieren mal ganz abgesehen.

Nach einer etwas erholsameren Nacht im Gästezimmer - drei Matratzen auf dem kahlen Boden, mit dem Hund als Wache vor der Tür, besichtigen wir das abgeschiedene Dorf. Es ist nicht mehr als eine Ansammlung von Hütten mitten im Nirgendwo und einer Tischlerei - Johns Arbeitsplatz - mit einem riesigen Holzstapel auf dem Hof. John rät uns, nicht näher zu treten. Wegen, wir ahnen es, der Schlangen.

"Die Viecher lieben es, auf dem warmen Holz zu dösen.

Leider werden sie sehr schnell sehr wach, wenn man sie stört."

Er deutet auf ein großes Gelände mit fast mannshohem Gras.

"Unser Tennisplatz. Der Rasenmäher ist seit einem Jahr kaputt. Außerdem ist es zum Spielen sowieso zu heiß."
Das ist wahr. Zudem ist die Luftfeuchtigkeit bedrückend hoch und mit all dem wuchernden Grün ringsum stellen sich bei uns schnell klaustrophobische Gefühle ein.

Wir bleiben noch eine Nacht, der Abend erfüllt von abenteuerlichen Geschichten, bei denen man nicht sicher sein kann, wo die Wahrheit aufhört und die Dichtung anfängt.

"Weißt du noch, als der Meier nachts nochmal wo hin musste? Und wie er da so stand, bewegte sich etwas zu seinen Füßen. Da hatte sich doch tatsächlich 'ne Schlange um die Kloschüssel gewickelt und Meier ist rückwärts durch die Moskitotür gesprungen, um sich in Sicherheit zu bringen...."
Am nächsten Tag brechen wir nach Hause auf. John gibt uns einen dicken Packen Post und ausgelesene Zeitungen mit und verspricht, uns in ein paar Wochen zu besuchen.

Dann geht es denselben Weg zurück. Erst die Sandpiste, nach fünf Stunden stoßen wir auf die Teerstraße, sind am Abend in Kumasi. Selbst die fliegenden Spinnen im

Nachtquartier haben ihren Schrecken verloren. Wir fühlen uns umgeben von Häusern aus Stein, dem   Menschenge-wimmel und dem Chaos auf den Straßen deutlich wohler als in der Abgeschiedenheit.

 Dann geht es auf zur letzten Etappe und als in der Ferne hinter den Hügeln, die Accra umgeben, das Meer sichtbar wird und die Dunstglocke über der Millionenstadt, stellt sich sowas wie ein Heimatgefühl ein.

Zwischendurch - Gedanken

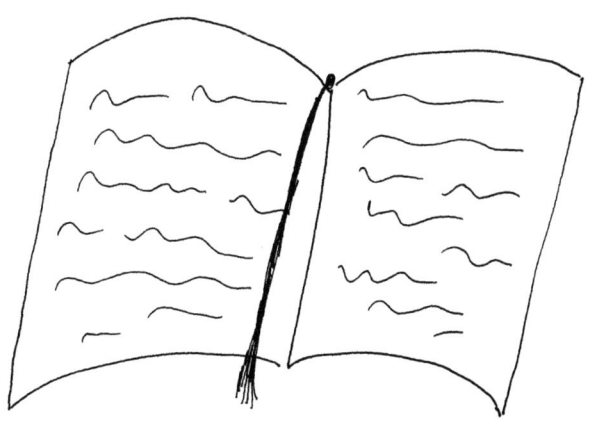

Neue Freunde

Lass mich dich grüßen, du Fremder,
und grüß auch du mich, du Fremder.
Ist die erste Begegnung auch noch zaghaft und still,
so glaube mir, dass ich dich kennenlernen will.

Lass mich dich anschauen, Fremder,
und sieh auch du mich an, Fremder.
Werden Unterschiede dann nicht plötzlich sehr klein?
Der Mensch ist ein Mensch und braucht Freunde zum
Sein.

Komm etwas näher, du Fremder.
lass uns die Hand reichen, Fremder.
Ist mein erster Schritt zu dir auch winzig und klein -
ein Lächeln heißt Freund und nicht Feind zu sein.

Was ist Zeit?

Was ist Zeit?
Ein Atemzug?
Winters Hauch im kahlen Baum?
Augenblicke nie genug?
Ein nicht ausgeträumter Traum?

Heute, morgen und hinfort.
Gestern scheint so ewig nah.
Eben - kaum mehr als ein Wort.

Und schon wieder geht ein Jahr.

Auch Erinnern kostet Zeit,
doch wenn dann das Bild zerrinnt,
stellt man voll Erstaunen fest,
dass ein neuer Tag beginnt.

Und die Nacht, die man durchträumt
sich dem Tageslicht ergibt,
gesterns Zukunft sich als Heut
durch die Fensterläden schiebt.

Auf dem Grunde meiner Seele

Auf dem Grunde meiner Seele
liegt ein tiefer klarer See.
Kaum ein Laut ist zu vernehmen,
wenn ich dort am Ufer steh.

Nur ganz sachte treibt der Wind
Schäfchenwolken durch den Raum
und ganz lieblich singt ein Vogel
auf dem höchsten Ast am Baum.

Und mitunter rollt ein Kiesel
vom dem stein´gen Uferrand.
Er versinkt mit leisem Plätschern,
wie von unsichtbarer Hand.

Und es bleiben nur die Well´chen,
die der Stein im Wasser zieht,
Vogels Lied und weiße Wölkchen,
die der Wind noch immer schiebt.

Und nach jeder meiner Reisen
zu dem ganz privaten See,
spüre ich, wie ich gestärkt nun
durch des Alltags Hektik geh.

Meiner Seele Heim

Habe mir ein Haus gebaut.
Ganz allein mit meinen Händen.
Fenster, Türen und ein Dach -
und mit dicken, festen Wänden.

Meine Türe schließ ich ab,
lass nur selten jemand schauen.
Soll sich doch der Rest der Welt
eine eigne Heimat bauen.

Oftmals sitz ich ganz allein
hinter meinen tauben Steinen.
Und weiß nicht - soll ich vor Glück,
oder nun vor Unglück weinen?

Meine Fenster schließ ich fest,
nur ganz selten eine Brise.
Überstand in diesem Nest
schon so manche üble Krise.

Hab jedoch in meiner Gruft
auch viel Einsamkeit geschmeckt.
Und dies hat in mir zum Schluß
einen Wunsch nach Licht geweckt.

Vielleicht sollte ich fortan
meine Vorhänge nicht schließen,
Türen öffnen dann und wann -
sicher wird`s mich erst verdrießen.

Und wenn dann ein erster Mensch
meine kleine Gruft betritt,
geb ich ihm danach ein Stück
meiner eigenen Seele mit.

Wir sind nur Gast

Lass niemals dich vom Glück verführen.
Glaub nicht an die Beständigkeit.
Es ist stets an der Welt, zu rühren,
es ist nichts für die Ewigkeit.

So wie auch wir als Gast nur weilen,
ist alles Leben wahrlich knapp.
Oft steht der Text zwischen den Zeilen,
mitunter geht bergauf bergab.

So lasst das Leben uns genießen.
Das Gute dran und auch den Rest.
In jedem Beet würd Unkraut sprießen -
wenn man es sich selbst überlässt.

Frühjahr

Kann den Sommer spüren,
er ist in der Nähe.
Kann die Wärme fühlen,
wenn im Gras ich stehe
und den Wolken folge,
über hohen Bäumen,
wie sie langsam ziehen,
mit all meinen Träumen.

Kann das Licht erahnen,
das nun hell und heller
scheint auf größ´ren Bahnen
und der Tag kommt schneller.
Und die Nacht muss weichen,
so ward es versprochen,
Winters Kraft wird reichen -
nur noch ein paar Wochen.

Stille

Blankgeputzter Himmel.
Nur ein Wolkenschaf
auf der blauen Weide.
Und das ist ganz brav.

Lässt sich langsam treiben,
von dem lauen Wind,
in die endlos Weite,
wo die anderen sind.

Leergefegte Dünen.
Nur ein Möwenpaar
segelt durch die Stille,
Richtung Sansibar.

Spiegelglattes Wasser.
Nur ein Well`chen klein
sucht nach Spielgefährten,
doch es bleibt allein.

Mitten in der Stille,
scheint mein Denken laut.
Hab es ausgeschaltet -
Einfach nur geschaut.

Sommerabschiedsschmerz

Hab so'n komisches Gefühl,
irgendwo ganz tief im Magen.
Und was es bedeuten soll,
kann ich jetzt noch gar nicht sagen.

Draußen fegt ein kalter Wind
gelbe Blätter von den Bäumen.
Ich bin ganz allein mit mir,
und ich fange an, zu träumen.

Von dem letzten Sommertag
und den lichtdurchströmten Lüften.
Vogelkinderflügelschlag
und den süßen, herben Düften.

Draußen läßt der feuchte Wind
Tropfen Trommellieder singen,
und mir will der Traum vom Licht
so auf Anhieb nicht gelingen.

Und mir ist, als würd der Wind
auch durch meine Seele fegen,
einen feinen grauen Film
über die Gedanken legen.

Und ich gebe mich dem hin,
und ich folge meinem Herzen,
und jetzt fühl ich es tief drinnen:
Es sind Sommerabschiedsschmerzen.

Abendsonne

Zwei Hummeln führen ein Gespräch
im Flieder neben mir.
Sie haben scheinbar viel zu tun.
und stör`n sich nicht an mir.

Ich lieg im warmen weichen Gras
und rühr mich einfach nicht,
genieß mit halb geschlossnen Lidern
Abendsonnenlicht.

Ein Vogelschwarm zieht seinen Weg
auf unsichtbarer Bahn.
Und Wolkenschaf nimmt Wolkenschäfchen
zärtlich in den Arm.

Ein Frosch quakt irgendwo am Teich.
Doch niemand quakt zurück.
Und ich bin einen Hauch entfernt
vom absoluten Glück.

Dieser Herbst

War der Herbst schon immer so farbenfroh
und die Morgennebel so kühl?
Und die Strahlen der Sonne
funkeln und glitzern im trocknen Blättergewühl.

Hab ich all dies denn nicht schon so oft gesehn?
Jedes Jahr, wenn der Sommer vorbei
und die Tage langsam zur Neige gehn
und kein Platz in den Süden mehr frei.

Und sie kühler wird, unaufhaltsam, die Nacht,
und die Sonne an Kraft versäumt,
und man hilflos mit ansieht die eisige Macht
und zurück in den Sommer sich träumt.

Diesmal bietet die Sonne mehr goldenen Schein.
Jeder Baum wie ein Kunstwerk zu sehn.
Vielleicht liegt es daran, fern der Heimat zu sein -
das Vertraute ganz unerwartet schön.

Mitten in der Nacht
Sitzwache in Zimmer eins

Mein Dienst hat eben begonnen. Mit einem Rucksack voller Ablenkung habe ich dein Zimmer betreten, habe mich von der Schwester einweisen lassen. Dann hat sie sich verabschiedet und ist nach Hause gegangen, in ihren wohlverdienten Feierabend.

Die nächsten zehn Stunden werden wir zusammen in diesem Raum verbringen, mein Kind.

Der Arzt hat angeordnet, dass ständig jemand bei dir sein soll, wenn du schläfst, dass du eine Sitzwache haben sollst. Das wird meine Aufgabe sein für diese Nacht.

Draußen ist es still und dunkel.

Das Herz der Natur schlägt langsamer. Die Temperatur sinkt um einige Grade, die Sonne ist längst untergegangen und die pulsierende Stadt kommt langsam zur Ruhe.

Noch neun Stunden.

Doch der Schein trügt.

Wie schnell vergessen wir, dass auf der anderen Halbkugel der Erde das Leben keine Pause macht und dass auch auf unserer Seite die Finsternis und die Stille nicht vollkommen sind.

Der Mond scheint, hin und wieder von Wolken verdeckt, und spendet ein milchiges Licht. Sterne funkeln und erzählen abenteuerliche Geschichten von fernen Galaxien. Eine Sternschnuppe huscht über den nächtlichen Himmel wie ein Blitz mit einem langen Schweif; bringt Kinder zum Staunen und Erwachsene zum Innehalten. Wer wünscht sich nicht gerne etwas, in der Hoffnung, es möge in Erfüllung gehen?

Trübe Straßenlaternen beleuchten die müden Straßen und die wenigen - meist ebenso müden - Menschen, die um diese Zeit noch unterwegs sind.

Ein Zug rast vorbei und zerschneidet mit seinen Lichtern und mit seinem Donnern die Stille und das Dunkel für einen kurzen Moment.

Noch sieben Stunden.

Draußen im Baum klagt ein Uhu, ein vorwitziger Spatz antwortet ihm und die Tauben gurren empört.

Dann verstummen die Vögel wieder.

Wind rüttelt an den Ästen, lässt die Blätter rascheln. Eine Autotür schlägt zu. Die Uhr tickt mit eintöniger Regelmäßigkeit, zerteilt die Stunden in Minuten und Sekunden.

Die langsamen, sachten Geräusche der Station dringen in das Zimmer.

Ein Monitor piept, ein Baby weint sich in den Schlaf.

Ich sitze seit Stunden an deinem Bett und bewache deine Träume.

Den Blick abwechselnd auf den Monitor, auf dich, auf mein Buch und - zugegeben - auch auf die tickende Uhr gerichtet.

Noch fünf Stunden.

Dein Atem geht ruhig und gleichmäßig. Damit es auch so bleibt, sitze ich hier. Schlage mir bezahlterweise die Nacht um die Ohren. Zähle deine Atemzüge und die Stunden.

Der Wind hat sich schlafen gelegt, die Straßen sind verwaist. Leise Schritte auf dem Flur.

Tick-Tack macht die Uhr - sie wird nicht müde. Blink-Blink funkelt dein Monitor.

Noch drei Stunden.

Deine Werte sind stabil. Mein Kreislauf anscheinend auch - meine Müdigkeit hält sich in Grenzen. Aber das Buch wird schwer und schwerer.

Ein Fensterflügel quietscht. Dies ist ein altes Haus, es atmet in der Nacht, die Wände knacken, auf dem Dachboden knarrt eine Tür.

Ein Auto brummt vorüber, das erste seit vielen Stunden. Frühstückspause für mich - ich kann nicht mehr sitzen, esse deshalb im Stehen, gehe auf und ab, um den Schlaf aus den Beinen zu vertreiben. Als ich mich wieder zu dir setze, hat es zu dämmern begonnen.

Der Mond hat sich wieder hinter einem Dunstschleier verkrochen. Die Vögel beginnen, wieder zu singen und irgendwo hinter den Türmen der Stadt geht gerade jetzt die Sonne auf.

Vogel Nacht

Schwarzer Vogel Nacht,
du trägst Sterne auf den Schwingen,
hast den Mond in deinem Schnabel
und kannst tiefe Träume bringen

Jeder Flügelschlag
bringt Vergessen zu den Leuten,
willst in jeder Stadt
ein paar Einsame erbeuten

Streif mich heute nicht
lass den Kummer nicht verweilen
nimm dieses Gedicht
und die Sehnsucht in den Zeilen

Trag sie mit dir fort,
all die bittersüßen Schmerzen
hier bleibt dann ein Ort
voller tieferfüllter Herzen.

Die Protestaktion

Es stand ein Mast so ganz allein
auf weiter Flur
und dachte sich, ich armer Mast,
was mach ich nur

Und er beschloss, etwas zu tun
und hob ein Bein
und wanderte aufs weite Feld
noch ganz allein

Am Ortsausgang bei der Chaussee
da sah er dann
`nen Masten stehn, allein wie er
und sprach ihn an

Zu zweit machten sie sich davon
im Sonnenschein
und luden zu der Wanderschaft
noch andre ein

Vor Hamburg warn sie schon zu zehnt
doch mit Verdruss
sah man sie an der Brücke stehn
denn hier war Schluss

Die Brücke war sechs Meter hoch
das ging nicht glatt
weil so ein Mastenmensch - oh ja -
mehr Höhe hat

Das war den Zehnen doch zuviel
sie machten kehrt
und zogen Richtung Süden ab
schon zu hundert

Sie luden auf dem Weg nach Süden jeden ein
und Masten Nummer eins der war
nicht mehr allein

Zum Bundeskanzler wollten sie
und sich beschwer`n
denn in Hamburg würd` man den Ein-
tritt nicht gewähr`n

Zehntausend warn sie auf dem Weg
ins ferne Bonn
im Fernsehen da sprach man von
einer Mastendemonstration

Seitdem gibt es ein neues Recht
sie hatten Macht
die Brücken sind zehn Meter hoch
die Masten acht

Der Mond hat einen Sonnenbrand

Der Mond hat einen Sonnenbrand,
bedeckt mit Wolken sein Gewand.
Er hängt bekümmert überm See
und jammert leis: "Es tut so weh!".

Der See glänzt still im Licht der Nacht.
Er hat sich sowas schon gedacht.
Er kennt das ja von den Touristen,
die sich an seinen Ufern rösten.

Die Fledermäuse nun indess
belächeln ihn und flattern kess
von Baum zu Baum voll Ungeduld
und kreischen lauthals: "Selber Schuld!"

Gevatter Uhu in der Tat
gibt lieber einen guten Rat:
"Versuchs doch mal mit After Sun,
ich leih dir gern was, guter Mann!"

Ein Journalist, der all dies hört,
ist von diesem Gespräch verstört,
und faxt sofort ins Heimatland:
"Der Mond hat einen Sonnenbrand!"

Sein Chef hält ihn für krank im Kopf,
und er entlässt den armen Tropf.
Dieser versteht nicht mehr den Sinn
und gibt sich prompt dem Trunke hin.

Am eisigen Strand

Ich steh an der schneeweißen Brandung
und sehe den Wolken nach.
Der Wind treibt sie sanft durch die Weite,
wie ein großes bewegliches Dach.

Heut' möchte ich das Meer umarmen
in einem gewaltigen Kreis.
Vielleicht gibt es dann ein paar Dramen
um seine Geheimnisse preis.

Und wäre das Eis etwas dünner,
dann sähe man auf seinem Grund
tief im Sand vergrabene Träume,
die da ruhen seit ewiger Stund.

Gern steh ich an endlosen Stränden
und lausche der Freiheit Ton.
Selbst am Horizont scheint`s nicht zu enden.
Und auf Ebbe folgt Flut seit Jahrtausenden schon.

Fremdes Wesen
für William

Ich bin ein kleines Wesen,
gefangen und doch frei,
in meinen eignen Welten.
Mitunter fremd dabei.

Ihr könnt mich nicht verstehen,
behandelt mich wie krank.
Dabei kann ich doch gehen,
empfinde Schmerz und Dank.

Ich wirke auf euch anders,
bin einfach nicht normal.
Doch kann ich buchstabieren
und liebe jede Zahl.

Ich kann mich nicht befreien
von meiner Lebensart.
Ich kann nicht anders sein,
ist auch dies Urteil hart.

Denkt nicht, dass ich nicht liebe,
ich zeig es nur nicht oft,
und wenn, auf andre Weise
und anders, als erhofft.

Ich bin ein fremdes Wesen
von einem fernem Stern.
Und manchmal kann ich zeigen,
ich hab euch trotzdem gern.

kleinigkeiten

ein chromosom verändert ein leben
eins zuviel
eins zuwenig
völlig egal
schon fällst du durch die raster der menschheit
fällst
durch den maschendraht
der das volk sortiert
und
bleibst hängen
im stacheldraht
unserer humanen gesellschaft
in der schon ein vergessener i-punkt schmerzen bereitet
alle menschen sind gleich
doch manche
noch gleicher

Der Familienausflug
Nach einer wahren Begebenheit

Müllers packen aufgeregt ihre Reisetaschen.
Übers Wochenende geht`s auf nach Hintermaschen.

Jedes Jahr um diese Zeit fahr`n sie sie besuchen,
die Familie Meierlein mit reichlich Kaff` und Kuchen.

Müllers, das sind Herr und Frau, Mäxchen, Fritz und
Malte
und der Mops Karl-Fridolin und der Goldfisch Balte.

Alle Sachen sind verstaut, der Herd ist ausgeschaltet
und Herr Schulz hat zugesagt, dass er die Post verwaltet.

Fisch und Mops bleiben daheim, Möpschen jault ganz
leise,
Papa wirft den Wagen an - es beginnt die Reise.

"Alle da?" ,zählt Mama, durch "Hab'm wir alles mit?
Mäxchen, Malte, Fritz, Papa - seid ihr alle fit?"

Fritzchen ruft:" Ich will Musik und zwar richtig laut!"
Max dagegen ist besorgt: "Ob Herr Schulz was klaut?"

Mama sucht im Radio nach leiserem Gequäkse,
Maxe mault, "Wann sind wir da?", und will noch mehr
Kekse.

Malte zieht die Socken aus und versteckt die Dinger.
Dann vergisst er das Versteck und klemmt sich den
Finger.
Hinter Köln setzt Regen ein, schlimm und immer
schlimmer.
Papa ist voll Zuversicht: "Drunten regnet`s nimmer!"

Mama sucht den Anfahrtsplan, das ist so bei Essen.
Etwas südlich fällt ihr ein, sie hat ihn vergessen.

Nach zwei Stunden Autobahn ist der Tank fast leer.
Fritze ruft: "Ich musste mal, aber jetzt nicht mehr!"

Dann wird allen Kindern schlecht und sie woll`n
Pommes frittes.
Kurzer Ausflug ins Lokal, Mama will nicht mit.

Aus dem Regen wird nun Schnee, der friert langsam an.
Malte spekuliert schon mal, "Bald kommt der
Weihnachtsmann!"

Fritze brüllt, "Das war doch erst". Papa kriegt nen Schreck,
als er sich von dem erholt, ist die Abfahrt weg.

Plötzlich wirds mucksmäuschen still. Alles schläft, na klar.
Paps brummt, "Zehn Minuten Ruhe und dann sind wir da."

Momente

Habe grade festgestellt,
meine Zeit verrinnt wie Sand.
Rundherum dreht sich die Welt,
doch ich stehe wie gebannt.

Dieser Fakt war mir bekannt,
habe ihn nur gut verdrängt.
Hoffte stets, dass mir jemand
bei Bedarf dann Nachschub schenkt.

Jede Stunde, jeder Tag,
kommt uns niemals mehr zurück.
Und ich habe mich gefragt,
was das ist, das wahre Glück.

Für mich ist momentan,
hier im Morgenlicht zu stehn
und der Sonne gülden Bahn
überm stillen See zu sehn.

Sicher ist`s nur ein Moment,
unter Tausenden der Rest.
Für mich ist`s ein Monument,
das mich innehalten lässt.

Und er ist mir soviel Wert,
daß ich ewig ihn bewahr
und ich nie vergessen werd,
dass ich heut schon glücklich war.

DREI SIND MEHR ALS ZWEI PLUS EINS
DRILLINGSGESCHICHTEN

Vier Wochen vor dem Abflug

Die Koffer sind gekauft und nur noch zu füllen. Die Wohnung ist halb aufgelöst. Ich fühle mich ein wenig wie auf einem Campingplatz - nur noch Plastik im Geschirrschrank.

Der schlimmste Papierkrieg ist überstanden, sämtliche Hürden genommen. Dass die Post streikt, spielt nur noch am Rande eine Rolle. Mitunter bin ich in Gedanken schon längst im Flugzeug oder sogar schon in den Staaten gelandet. In all dem Trubel, den Papierbergen und den vielen Dingen, die termingerecht erledigt werden mussten, war kaum Zeit, nachzudenken.

Diese Zeit kommt jetzt.

Wie wird es sein?

Ich beginne, die Tage zu zählen - in Wochen zu rechnen, lohnt sich plötzlich nicht mehr. Der Tag des Abflugs rückt in erschreckende Nähe. Oder in erfreuliche.

Ich werde plötzlich emotional. Breche bei den unpassendsten Gelegenheiten fast in Tränen aus. So kenne ich mich nicht. So kennt mich keiner.

Schon das Reisefieber?

Vieles was ich tue, tue ich ein letztes Mal. Zumindest für ein Jahr.

Ein Jahr. Eine lange Zeit.

Oder eine ganze kurze?

Meine Gefühlswelt ist gespalten. Die eine Hälfte teilen sich Freude und Abschiedsschmerz, mal aus dem alltäglichen Alltag herauszukommen - aber auch all die Menschen, die ich liebgewonnen habe, zu verlassen. Die andere Hälfte sind Freude und Angst vor dem Unbekannten. Wie wird es sein?

Bei jedem Ereignis in der Heimat, das jetzt schon angekündigt wird und in sechs oder acht oder zehn Wochen stattfindet, denke ich: Da bin ich schon längst weg.

Und nächstes Jahr um diese Zeit? Bin ich schon fast wieder auf dem Rückweg.

Und schon gleiten die Gedanken wieder ab: Der Rückflug. Die Ankunft. Und die Rückkehr in den Alltag. Erstrebenswert?

Das wird sich in den nächsten Monaten herausstellen.

Noch bin ich nicht weg.

Noch ist mein Alltag hier.

Und auch wenn es oft nicht so erscheint: Ein Tag dauert immer 24 Stunden.

Auch wenn die Zeit zu rasen scheint.

Es war meine freie Entscheidung.

Ich freue mich.

Glaube ich.

Dreierbande

Jeder hat zwei kleine Geister,
die ihn stets begleiten.
Alles wird im Team gemeistert,
auch das mit den Eltern streiten.

Seid aus einem Guss entstanden,
meine Rasselbande.
Seid mir schnell ans Herz gewachsen,
fern der Heimat, fremd im Lande.

Drei sehr selbstständige Wesen
und doch eng verbunden.
Immer jemand da zum Spielen,
ihr kennt keine ruhigen Stunden.

Eine kleine starke Truppe.
Stets ein Fall für sich.
Seid was ganz besonderes,
und ein Meilenstein für mich.

Der Mann im Mond

Der Tag in der City war aufregend gewesen und der Weg nach Hause noch lang. Die Kinder waren hundemüde, doch bis zu ihrer gewohnten Schlafenszeit waren es noch rund drei Stunden. Und wenn sie jetzt einschlafen wür-den, wäre die folgende Nacht spätestens um vier Uhr früh zu ende.

Die Devise lautete also: Augen auf!

Wie aber hält man zwei Dreijährige wach in einem dunklen warmen Auto?

Sämtliche CDs waren rauf- und runtergehört. Auf dem Highway schob sich eine endlose Wagenkolonne träge nordwärts. Ihre Lichter reichten bis zum Horizont. Tausende von Pendlern waren auf dem Heimweg ins New Yorker Umland. Und am nächsten Morgen würde sich die Blechlawine in Richtung City schieben. Wie jeden Tag.

Um die Jungs wachzuhalten hatten wir bereits entgegenkommende Autos gezählt und ihre Scheinwerfer analysiert: "Guck mal, der da ist auf einem Auge blind!"

Wir hatten 'Ich sehe was, was du nicht siehst!' gespielt und die Highwaybeschilderung buchstabiert.

Nun war mir die Luft ausgegangen. In den Kindersitzen hinter mir war beunruhigende Stille eingezogen.

Dann plötzlich: "Conny!"

"Was?"

"Der Mond!" Patricks Stimme überschlug sich beinahe.

"Was ist mit ihm?"

"Er hat uns fast eingeholt! Du mußt schneller fahren!" Soweit es mit seinen Rennfahrersicherheitsgurten möglich war, hatte Patrick sich vorgebeugt und starrte besorgt den Mond an.

Sein Bruder Robert fing an zu weinen. "Das ist unfair!"

"Was ist unfair?"

"Auf meiner Seite ist kein Mond. Ich will auch einen Mond!"

Oh du kindliche Weltanschauung! Auf eine Runde in Elementarphilosophie wollte ich mich eigentlich nicht einlassen.

Also galt es, zu vermitteln.

"Patrick, ich kann nicht schneller fahren, sonst hält uns die Polizei an und Robert, der Mond ist groß genug für euch beide."

"Aber ich kann ihn nicht sehen!"

"Patrick kann ihn dir doch beschreiben."

Der Genannte hatte aber keine Lust dazu. Ich sprang ein.

"Der Mond sieht aus wie ein großer gelber Ball."

"Wie groß?"

"Sehr, sehr, sehr groß."

Nun äußerte sich auch Patrick wieder. "Passt der Mond in unsere Spielzeugkiste?"
Definitiv nicht.
"Ich glaube nicht."
Stille.
Dann: "Conny, warum gibt es den Mond?"
"Hm, damit die Menschen auf der Erde nachts ein bisschen Licht haben und die Sonne sich mal ausruhen kann."
Ich war stolz auf mich und schob noch schnell hinterher:
"Und die Sonne gibt es, damit wir tagsüber Licht haben und der Mond schlafen kann." Stimmte so zwar nicht ganz, klang aber zumindest plausibel.
Noch zwanzig Meilen bis nach Hause.
Das hatte ich gut gelöst. Im Rückspiegel sah ich Patrick versonnen aus dem Fenster schauen. Vielleicht sollten wir beim kommenden Weihnachtsfest die Geschenke nochmal überdenken und den unendlichen Kosmos spielerisch mit aufnehmen. Dem Wissensdurst von Kindern soll schließlich nichts in den Weg gestellt werden.
Robert schien sich mit dem brüderlich geteilten Mond abgefunden haben und betrachtete stirnrunzelnd seine Schuhe.
Noch fünfzehn Meilen.
Dann: "Conny, warum gibt es die Erde eigentlich?"

Die Post ist da!

Gestern hatte unser Hund Post.

Ich möchte nicht wissen, was der Postbote gedacht hat angesichts des an *Mister Churchill Salerno - persönlich* adressierten Briefes.

In dem Umschlag befanden sich die Einladung zur Impfauffrischung und als Aufmunterung ein Gutschein über fünf Dollar für die Spielwarenabteilung der örtlichen Tierhandlung.

Churchill jedoch war mehr am bevorstehenden Abendessen - Wiener Würstchen für uns und Gemüseflocken für ihn - interessiert und verfolgte mich (Würstchengeruch!) auf Schritt und Tritt.

Nachdem alle hungrigen Mägen gefüllt waren, fand ich endlich Zeit, mich meiner eigenen Post zu widmen.

Das Päckchen aus Deutschland war allem Anschein nach mitten in den letzten Schneesturm geraten. Die Pappumhüllung war weitestgehend aufgeweicht, der Zollstempel unleserlich. Kurz, man sah dem Paket seine Drei-Wochen-Reise quer über den Atlantik an.

Wussten Sie, dass es eine feste Landverbindung von Europa in die USA gibt?

Die Post ist jedenfalls dieser Meinung. Beim Frachtversand kann man wählen zwischen Luftpost - was logisch klingt - und dem Landweg.

Selbiger führt wahrscheinlich über den Meeresboden des Atlantiks. Vielleicht sah mein Päckchen deshalb so mitgenommen aus.

Auch die lange Lieferzeit könnte man damit erklären.

Zumindest der Inhalt war unversehrt. Und während im Fernsehen Klaus Maria Brandauer in der unsynchronisierten Fassung von *Jenseits von Afrika* seinen deutschen Akzent zu überspielen versuchte, labte ich mich an den Produkten der deutschen Süßwarenhersteller und fühlte mich der Heimat gleich ein Stück näher.

Weihnachten dreifach

Der heilige Abend war in meinem amerikanischen Jahr alles andere als weihrauchumschwelt.

Als in Deutschland die Familie ihre Geschenke auspackte, kniete ich im Badezimmer und schäumte zwei Dreijährigen gleichzeitig den Kopf ein.

Keine Zeit für Heimweh und Gedankenspiele. Das Baden von Kindern dieses Alters erfordert höchste Aufmerksamkeit und blitzartige Reflexe. Als Brillenträger ist man ja bei Spritzwasserattacken nur im ersten Moment im Vorteil. Und dann erstmal blind.

Wann endlich werden vollautomatische Scheibenwischer für Sehhilfen erfunden?

Den Rest des Vormittags verbrachte ich im Esszimmer. Selbiges ging nach vorne raus, wo am unteren Ende der Einfahrt die Mailbox zu sehen war. Jene so typisch amerikanische Einrichtung mit der kleinen ausklappbaren Flagge, um dem Postmann ausgehende Briefe zu signalisieren.

Wir hatten geflaggt, um dem Briefträger seine jährliche Gratifikation in Form von Dollarscheinen in einer Weihnachtsklappkarte zukommen zu lassen.

Nun hatte sich eine pfiffige Truppe Jugendlicher im vergangenen Jahr ein hübsches Sümmchen einverleibt, als sie einfach alle Postkästen abfuhren und die Umschläge kassierten.

Das sollte nicht nochmal geschehen.

Wenn es in Deutschland Zeit für den Höhepunkt des Festes ist, wird in den USA gar nicht zelebriert. Die Geschäfte haben am 24. Dezember endlos geöffnet (und setzen Milliarden um) und schließen lediglich am 25. für ein paar Stunden. Danach beginnen auch schon die "After-christmas-sales". Winterschlussverkauf auf amerikanisch.

Um den entgegengenommenen Bergen von Geschenken gerecht zu werden, begannen wir entgegen der Landessitte am 24. Dezember mit dem Auswickeln der Gaben.

Warum glauben die meisten Menschen, Drillinge bräuchten dreimal soviel Spielzeug, wie ihre weniger zahlreichen Artgenossen?

In Anbetracht des angekündigten Wintereinbruchs für den nächsten Tag, kamen Oma und Opa schon jetzt dazu. Und so erlebte ich einen fast deutschen Heiligen Abend.

Allerdings ohne jegliche Besinnlichkeit, ohne Kerzen und ohne ein Weihnachtsessen.

Statt dessen mit atemlosen Kindern, die nach zwei Stunden Non-Stop-Auswickelns fast in den Geschenkpapierbergen versanken und alsbald streikten.

"Wir wollen endlich spielen!"

Der Platz hierzu war jedoch beträchtlich geschrumpft.

Über Nacht kam dann Santa Claus, stärkte sich an bereitgestellten Cookies, trank seine Milch aus und hinterließ ein "Thank you, Santa!", prall gefüllte Weihnachtsstrümpfe, sowie weitere Geschenkberge.

Das Frühstück am Heiligen Morgen fiel Candiesticks und Cookies zum Opfer und Familienoberhaupt Mike beklagte den Umstand, dass die New Yorker Müllabfuhr über die Feiertage mehr nach Gutdünken als nach Plan arbeitet.

Wohin mit all den Kartonagen, die doch oft mehr wiegen, als das darin versteckte Spielzeug?

Das spartanische Mittagessen fiel mit der Ankunft des kanadischen Tiefausläufers zusammen. Die fallenden Temperaturen ließen den Regen zügig in Hagel und dann in Schnee übergehen.

Die Kinder fanden das nicht schlimm, waren sie doch ohnehin beschäftigt. Ich verbrachte rund drei Stunden auf dem Bauch liegend im Spielzimmer und bemühte mich, die dreistöckige Matchboxautogarage aufzubauen. Sie bestand aus rund einhundertfünfzig Einzelteilen und ebenso vielen Aufklebern, die den Autos ihren Weg weisen sollten.

Als nächstes Projekt warte die dazugehörige Autowaschanlage auf mich.

Familienmops Churchill war vom Neuschnee weniger begeistert, als er zum Auslauf in den ehemaligen Garten gelassen wurde. Da rollte er sich lieber auf seiner Decke in der Küche zusammen und beobachtete mit feuchten Augen Herrchen beim Zubereiten des Truthahns.

Den die Kinder - weil sonst nur von Fast Food ernährt - nicht aßen und schreiend unter dem ungewohnt vollständig und festlich gedeckten Tisch lagen.

Der Hausherr, inzwischen auch durch das Freischaufeln der Auffahrt leicht angeschlagen, wollte sich zur Nervenstärkung den letzten Inhalt der Whiskeyflasche "on the rocks" gönnen, kippte sich das gefüllte Glas jedoch über Hemd und Hose und den Küchenboden. Was den scheinbar schlafenden Hund augenblicklich ins Leben zurückrief.

Woraufhin Mike die Feierlichkeiten für beendet erklärte. Frohes Fest!

Die Psyche des Hundes

Im Leben mit Kindern sind Erholungsphasen von den selbigen meiner Meinung nach sehr bedeutsam. Dies stellte ich neulich erst wieder fest, als alle drei Kinder auf die Verwandtschaft verteilt waren und sich eine ungewohnte Stille über das Haus legte.

Nur sporadisch unterbrochen vom Schnarchen Churchills in der Küche.

Nicht nur mir, auch dem Hund schien die Verschnaufpause gut zu bekommen.

Im Keller schleuderte die Waschmaschine munter vor sich hin. Ihren Inhalt würde ich später in den Trockner werfen und dann weiter die Ruhe genießen.

In die Schneewehen im Vorgarten hatte Nachbars Katze bizarre Muster getapst. Sie trieb sich in letzter Zeit häufig bei uns herum und brachte Churchill jedesmal zur Verzweiflung.

Er jaulte und bellte sich im Haus die Seele aus dem Leib und Mieze lag gemütlich in der Sonne auf den Eingangsstufen und leckte sich die Pfötchen.

Nachbars Hund Blue - ein Gigant irgendwo zwischen Riesenschnauzer und Zwergpony - sah die Angelegenheit stets viel gelassener. Er hielt in seinem Vorgarten Hof und beobachtete mitleidig die Jogger, die sich den

Hügel hinaufkämpften. Manchmal geruhte er, aufzustehen, sich zur vollen Größe aufzurichten und sich mit der ihm angeborenen Geschmeidigkeit in Bewegung zu setzen. Was die Läufer jedesmal zu einem zügigen Endspurt um die nächste Ecke animierte.

Dabei war Blue völlig harmlos und ließ sogar den Briefträger seine Pflicht tun, ohne zu bellen.

Nicht so Churchill! Seit der Geburt der Drillinge ohnehin mit mangelnder Aufmerksamkeit bestraft - und mit dem Rauswurf aus dem ehelichen Bett - und in die Küche verbannt, begrüßte er jeden Besucher mit lautstarkem Freudengeheul, gefolgt von aufgeregtem Auf- und Abspringen und, wenn man nicht aufpasste, begleitet von ziemlich feuchten Küssen.

Zudem hatte Churchill anscheinend Alpträume, denn fast jede Nacht schreckte er hoch und erfreute das gesamte lebende Inventar des Hauses mit lautem Heulen, das nach rund dreißig Sekunden wieder in rhythmisches Schnarchen überging.

Völlig unbeeindruckt von dieser Ruhestörung zeigte sich allerdings Goldfisch William, der letzte Überlebende des Fischtrios Robert, Patrick und William. Die drei Fische hatten die Kinder auf dem jährlichen Rummel gewonnen. Fisch Robert und Fisch Patrick hatten bereits das zeitliche gesegnet. Den Kindern wurde ihr Verschwinden als platzmangelbedingter Umzug verkauft.

Was ja im übrigen auch der Wahrheit entsprach, wie der Kindsvater feststellte.

William jedoch wuchs und gedieh und wurde regelmäßig und verbotenerweise von Drilling Patrick gefüttert. Wobei ihm letztens der Plastikdeckel vom Aquarium in selbiges fiel und zwar genau auf den Fisch.

Patrick rannte schreiend davon, beteuerte, *das* nicht gewollt zu haben und er war sich sicher, William würde aus dem Becken springen und ihn, Patrick, beißen.

Ersteres war nicht ohne Weiteres möglich, denn der Fisch war ja eingeklemmt und während wir an Williams Befreiung arbeiteten, versuchten wir, den völlig hysterischen Patrick zu beruhigen - dies erwies sich im übrigen als das Schwierigere.

Inzwischen war eine neue Ladung Kinderwäsche fertiggeschleudert und während ich die zahllosen Socken, Hemden und Hosen in den Trockner schaufelte, musste ich noch im Nachhinein über den Goldfischunfall lachen. William hatte die Attacke ohne Spätschäden überstanden, nicht so jedoch Patrick - seit diesem Tag machte er einen großen Bogen um das Goldfischglas!

Ganz unten in der Waschmaschine hatte sich eine graue Socke zusammengerollt; die würde ich wohl aussortieren müssen. Sie zog bereits Fäden und hatte ausgeprägte

Ähnlichkeit mit einer toten Maus.

Als ich nach der Socke griff, stellte ich fest, dass mich mein Instinkt nicht getäuscht hatte. Bei dem Wesen, das ich dort ans Kellerlicht beförderte, handelte es sich in der Tat um eine durchgekochte Maus.

Schreiend ließ ich sie zurück in die Maschine fallen, da sollte sich der Drillingsvater drum kümmern!

Nun wusste ich auch, warum Nachbars Mieze sich so gerne bei uns aufhielt!

Nebenjobs

Drillingsjungs zu haben kann sehr praktisch sein. Die Kinder haben immer jemanden zum Spielen, wenn der eine Bruder mal keine Lust hat, der andere hat bestimmt.
Andererseits sind Kinder bekanntlich Weltmeister im Verschwören, besonders, wenn es dabei gegen die Erziehungsberechtigten geht und die Tatsache, dass der Durchschnittsmensch lediglich zwei Arme hat, kann ihm bei Drillingen ziemlich schnell zum Verhängnis werden.

Warum muss der Tag eigentlich immer mit dem Aufstehen beginnen? Und warum sind Kinder stets hellwach, wenn sie ins Bett sollen und von entnervender Langsamkeit, sobald man unter Zeitdruck steht?
Ich versuchte, mich zwischen Cornflakesschälchen in der Küche und im-Schlafanzug-feststeckenden-Kindern im Bad zweizuteilen und alle drei Kinder zum Frühstücken zu animieren.
Ich selber hätte liebend gerne etwas zu mir genommen, doch dazu war keine Gelegenheit.
Statt dessen hatte ich Lunchpakete zu packen, den Hund in den Garten zu lassen und Erdnussbutter von Korbstühlen zu entfernen.
Dieses fröhliche Chaos wurde durch das Klingeln des

Telefons unterbrochen.

Ein ausgesprochen energische und grade noch freundliche Stimme stellte sich als Vertreterin des örtlichen Waschbärenschutzbundes vor.

"Kennen Sie uns schon?"

Erst wollte ich antworten: 'Jetzt ja.' Doch ich riss mich zusammen und verneinte wahrheitsgemäß.

Es folgte ein ausgefeilter Monolog über diese gefährdeten possierlichen Tierchen - und "Wir zählen auf Ihre Mithilfe!"

"Wobei?"

Das Telefon zwischen Schulter und Ohr geklemmt, kämpfte ich mit der hakenden Hintertür und ließ Churchill zurück ins Haus.

"Wir starten eine großangelegte Postwurfaktion und benötigen Hilfe beim Eintüten der Faltblätter, beim Frankieren und versenden der Briefe."

"Nein danke, ich bin nicht interessiert."

Nun wurde der Tonfall der Dame eine Spur schärfer.

"Wir brauchen Sie! Sie brauchen nicht einmal das Haus zu verlassen, wir liefern alles Material zu Ihnen."

Davon war ich überzeugt. Da dieser Verein meine Telefonnummer hatte ausfindig machen können, war es wahrscheinlich ein Kinderspiel, auch noch die Anschrift herauszufinden.

"Sie können ihren Anteil ganz bequem in Ihrer Freizeit bearbeiten."

Ich musste lachen.

"Nein danke." wiederholte ich, "Ich habe Drillinge. Da hat man keine Freizeit!"

Dann legte ich auf.

Kinderkram

Kind Nummer Eins hatte soeben den Computer abstürzen lassen, als das Telefon klingelte und die Schulkrankenschwester mir mitteilte, dass Kind Nummer Zwei einen heftigen Ausschlag entwickelt habe. Zudem rief mir Nummer Drei vom anderen Ende des Hauses zu, der Goldfisch 'atme' nicht mehr.

Während ich die Krankenschwester beruhigte - warum eigentlich? -, am Computerbildschirm fünfundzwanzig überflüssige Fenster schloss und überlegte, wie man einen toten Fisch entsorgt; kam mir der Gedanke, dass eine Drillingsmutterschaft sicherlich auch ihre romantischen Seiten hat. Von denen war ich aber momentan weiter denn je entfernt.

Stellen Sie sich beispielsweise folgende Szenerie vor:

Die Kinder spielen friedlich miteinander. Sie haben sich eine Höhle gebaut zwischen Sofa und Spielzeugkiste - Sie haben bei der Deckenkonstruktion mitgewirkt und das ist jetzt zirka eine Stunde her.

Seitdem haben die Kinder keinerlei Notiz von Ihnen genommen.

In der Fantasiewelt von dreijährigen Jungs ist kein Platz für gelangweilte Erwachsene. Eigentlich könnten sie ebensogut eine Schaufensterpuppe sein. Es spricht ja doch niemand mit Ihnen.

Nach anderhalb Stunden entschließen Sie sich, den Raum zu verlassen.

Bis zur Tür sind es vier Schritte. Dank der schalldämpfenden Auslegware hört sie niemand, doch noch ehe Sie den Türdrücker berühren, durchbricht ein markerschütternder Schrei die Stille.

"Das ist mein Spielzeug!!!"

"Nein, meins!!!"

"Kinder, kommt, spielt zusammen!"

Ein kleiner Haarschopf schiebt sich aus der Höhle, die Augen haben mit der plötzlichen Helligkeit zu kämpfen.

"Wo gehst du hin?"

"In die Küche."

"Warum?"

"Du spielst mit deinem Bruder und ihr braucht mich nicht auf dem Sofa sitzen haben!"

"Doch! Du bist doch unser Monster, das vor der Höhle wartet. Deswegen können wir ja nicht rauskommen!"

Belastungsproben

Während die Spielwarenindustrie jährlich steigende Summen in die Sicherheit ihrer Artikel investiert, sind es doch oft ganz einfach Verkettungen ungünstiger Umstände, die zu den sogenannten Spielunfällen mit Kindern führen.

Wer bisher meint, barfuß auf einen Gummi-Indianer mit Pfeil und Bogen zu treten, sei das schlimmste Anzunehmende, dem hat noch nie ein unscheinbares Matchboxauto auf dem pflegeleichten Parkettfußboden unglaublichen Schwung verliehen. Nicht nur, dass der betreffende Knöchel stark gefährdet ist. Der gesamte Körper ist in großer Gefahr, wenn die rasante Fahrt abrupt beendet wird.

Vorzugweise an einer Wand.

Oder, nicht minder schmerzhaft, an einem dieser hüfthohen Kindersicherheitsgitter.

Das betreffende Fahrzeug rollt langsam aus, während man sich selbst vornüber hängend auf einem Eisengestänge wiederfindet, das der redegewandte Fachverkäufer bei der Auswahl als extrem belastbar angepriesen hat.

Sicherlich hat der Hersteller auch nicht mit solchen Belastungen gerechnet.

Während das Gitter also langsam nachgibt und nicht unerhebliche Schäden am Mauerwerk hinterlässt, können sich die Kinder auf dem Spielteppich vor lauter Lachen gar nicht wieder beruhigen und rufen aus vereinten Kehlen: "Nochmal!! Nochmal!!"

Mitfühlende Seelen

Kinder können so einfühlsam sein!

Als ich nach einer Woche Heimaturlaub mein nächstes Gehalt bekam - bezahlt wurde am Freitagabend bar in der Küche - meinte Patrick, damals drei, angesichts der Scheine, nun könnte ich doch morgen wieder nach Hause fliegen.

Meine Entgegnung, trotz der großen Konkurrenz seien die Preise für Transatlantikflüge so tief nun doch nicht, entlockte ihm ein Stirnrunzeln.

Dann entleerte er an Ort und Stelle seine Hosentaschen. Der Inhalt: Kekskrümel, Sand, der Schornstein seiner geliebten Holzlokomotive, den wir schon seit Tagen fieberhaft suchten und zehn Cent.

Das Geld gab er mir.

Für mein Flugticket.

Sinn-Krisen

Eine Woche vor seinem vierten Geburtstag beschloss Patrick, von nun an nicht mehr älter zu werden. Auch wachsen wolle er nicht mehr. Damit war er ohnehin im Verzug.

Drei sei ein prima Alter. Er könne sich alleine an- und ausziehen, den Fernseher bedienen, die Kühlschranktür öffnen und sei lediglich bei größeren Geschäften im Badezimmer auf fremde Hilfe angewiesen.

Wir Erziehungsberechtigten wussten nicht recht, ob wir lachen oder weinen sollten und führten statt dessen Beispiele an, die ein Leben auch als älterer Mensch lebenswert machen.

Autofahren zum Beispiel oder die Möglichkeit, über ein eigenes Bankkonto zu verfügen und unbegrenzt ChickenMcNuggets und Schokoladenkekse kaufen zu können.

Doch das überzeugte ihn nicht. Er lasse sich viel lieber fahren, von den vorderen beiden Sitzen des Vans könne man ja nicht mal den Bildschirm des Fernsehers sehen und mehr Geld brauche er nicht - dafür wären schließlich wir da.

Auch die Aussicht auf längeres Aufbleiben am Abend reizte ihn nicht, obwohl er doch neulich erst auf die

Aufforderung, endlich Schlafen zu gehen, entgegnete "Ich bin doch gestern Abend ins Bett gegangen, warum muss ich denn heute wieder?"

Dem war nichts mehr hinzuzufügen und wir stellten erstaunt fest, dass aus dem oftmals verängstigten Dreieinhalbjährigen ein sehr wortgewandter Fast-Vierjähriger geworden war.

Vor sechs Monaten war es Patrick gewesen, der um Hilfe rufend auf dem Spielteppich gesessen hatte, die Augen vor Panik weit aufgerissen. Sämtliche Familienmitglieder, einschließlich Hund Churchill, waren ins Wohnzimmer gestürmt, in Erwartung einer größeren Katastrophe.

Zumal Patrick pausenlos, "Hilfe! Macht, dass das aufhört!" und "Oh nein! Ich war´s nicht!" brüllte.

Seinem Blick folgend schauten wir in den rückwärtigen Garten. Dort schüttelten sich die ausgedörrten Bäume ihre bunten Blätter von den Ästen und das ehemals grüne Gras glich einem Flickenteppich.

Dieser Vorgang hatte Patrick in Angst und Schrecken versetzt und er wollte uns partout nicht glauben, dass im nächsten Frühjahr neue Blätter kommen würden.

Nun rückte der Frühling näher und das einzige, was Patrick Kummer bereitete, war sein Geburtstag!

Die jungen Triebe an den Bäumen interessierten ihn nicht die Bohne.

An Drilling Robert dagegen waren die Naturgewalten des Winters nicht so ganz spurlos vorübergegangen. An dem Tag, als der heftigste Blizzard seit hundertzwanzig Jahren die Region lahmlegte, fragte er, ob denn nun ab morgen endlich Frühling sei. Winter - er meinte zweifellos den Schnee - hätten wir doch nun genug für alle Ewigkeit gehabt.

Damit lag er im absolut richtig. Auf unserer Einfahrt türmten sich fast zwei Meter Schnee, von den Autos guckten nur die Antennen raus, die Dorfstraße war bis auf weiteres stillgelegt und Churchill konnte nicht in den Garten, weil wir das Gartentor unter den Schneemassen nicht ausmachen konnten.

Familienoberhaupt Michael grub einen Tunnel zur Straße und dreimal täglich trug jemand von uns den Hund hindurch und versuchte auf dem Rückweg, die am unteren Ende der Auffahrt stehende Mailbox ein Stückchen weiter auszugraben.

Auf diesen Expeditionen begegneten wir allenfalls der Polizei, die mit Schneeketten Streife fuhr oder Nachbars Hund Blue, der mit seinen langen Beinen bessere Chancen im Tiefschnee hatte, als Mops Churchill.

Der Hund trugs mit Gelassenheit und fürchtete sich Wochen später viel mehr vor den ersten Frühlingsgewittern. Nach dem fünften Blitz-und-Donner-

Gefolge fühlte er sich in der Küche (umgeben von Panormafenstern) anscheinend nicht mehr sicher und verkroch sich im Flur in einer leeren Reisetasche, die jemand dort vergessen hatte.

Ich hatte etwas Rascheln gehört und eine Maus oder schlimmeres in der dunklen Ecke erwartet. Jedenfalls keinen vor Angst schlotternden Hund, der mir vor Freude auf den Arm sprang!

Und dann kam der Tag, an dem der Eiskratzer noch im Auto lag, wir aber die Klimaanlage einschalten mussten, um die Temperatur im Wageninneren auf ein erträgliches Maß zu reduzieren.

Dem ersten Regen und den steigenden Temperaturen folgten sehr schnell die ersten Insektenschwärme, die mit Vorliebe in den Wasserlachen auf der Poolabdeckung für quicklebendigen Nachwuchs sorgten.

Robert erinnerte sich beim Anblick der ersten Fliegen an seinen Wespenstich vom vergangenen Jahr und weigerte sich, das Haus zu verlassen.

Frühjahrsputzstimmung stellte sich ein, konnte jedoch erfolgreich unterdrückt werden. Bis mir eines Morgens aus der Spielzeugkiste eine Ameise entgegenkrabbelte. Bei genauerem Hinsehen fand sich eine gut ausgebaute Ameisenautobahn. Sie führte aus dem rückwärtigen Garten durch die Hauswand und quer durch das

Spielzimmer. Dies veranlaßte uns zu einer sofortigen und radikalen Putzaktion.

Wir fanden längst verloren geglaubte Puzzleteile, zwei Trinkbecher, deren Inhalt sich im Laufe der Zeit von Milch zu Käse gewandelt hatte und den Aufsatz von der Matchboxautowaschanlage.

Nun ist das Frühjahr nicht nur die traditionelle Zeit für Gewitter, sondern auch der Zeitpunkt, an dem die Steuererklärung fällig wird.

Michael hatte an den vergangenen Abenden - jeweils wenn die Jungs endlich im Bett waren, also zu einer Zeit, zu der auch er selbst lieber schlafen gegangen wäre - über den Papieren gebrütet und dann endlich den Aktenordner mit einem Stoßseufzer auf den Esstisch plumpsen lassen. Und die Angelegenheit erstmal vergessen.

Drilling William hatte grade die magische Anziehungs-kraft von Zahlen entdeckt und lernte mit Vorliebe irgendwelche Nummern auswendig, um sie dann bei jeder möglichen (und unmöglichen) Gelegenheit aufzusagen.

An einem Abend, wir siedelten Goldfisch William grade in ein größeres Aquarium um, stand William im Schlafanzug daneben und begann, Zahlenkolonnen aufzusagen. Plötzlich stellte Michael den Kochtopf mit Leitungswasser ganz vorsichtig auf den Tisch und stellte fest, dass erstens der Leitzordner nicht mehr an seinem

Platz war und William zweitens soeben seine Steuernummer wiedergeben hatte.

Nach mehrstündiger Suche fanden wir dann das hoffentlich letzte fehlende Blatt. Die Nachbarn dürften sich sehr über das zu dieser Tageszeit unangebrachte Flutlicht im Kinderzimmer gewundert haben und über drei Erwachsene, die kopfüber in den Spielzeugkisten hingen.

Heimatgefühle

Der Mensch ist bekanntlich ein Herdentier und trifft sich gern in Gruppen mit Gleichgesinnten. Dies dient zum einen dem Erfahrungsaustausch und gibt einem, besonders wenn man fern der geographischen Heimat weilt, das Gefühl, nicht allein in dieser Situation zu sein. Deutschland ist für sein ausgeprägtes Vereinswesen ja allgemein berühmt, doch die Amerikaner sind in dieser Hinsicht mindestens genauso eifrig.

So machte ich mich an einem Sonntagmorgen zu einem Meeting mit mir Gleichgesinnten auf.

Der Frühsommer hatte hochsommerliche Temperaturen mitgebracht, sowie nächtliche Regengüsse und die Bäume glänzten noch feucht in der Morgensonne. Die Vögel sangen lauthals - Ob sich der amerikanische Spatz mit seinem europäischen Gefährten verständigen könnte? Oder wird da ein Dolmetscher benötigt? - und der Eichhörnchennachwuchs übte sich im "über-die-Straße-hüpfen".

Allzu viele Menschen waren zu dieser frühen Stunde noch nicht unterwegs. Bei der örtlichen Feuerwehr (ein Verein!) wurden die roten Autos gewaschen; man bereitete sich auf die Vereins(!)Parade am Nachmittag vor.

Ein Sheriff kontrollierte die Absperrgitter und holte sich bei dieser Gelegenheit - Bürgernähe wird großgeschrieben - einen Kaffee und Bagel in der Deli. Das typische New Yorker Frühstück. Wahlweise aufgepeppt mit Pancakes, heißer Schokolade, Tee oder einer der hundert Varianten von Eiskaffee mit Geschmacksverstärkern.

Ich umfuhr die Szenerie großzügig und hielt auch an, als die Ampel auf Gelb sprang. Auf einen Zusammenstoß mit dem Ordnungshüter konnte ich verzichten.

Der verabredete Treffpunkt war eine Kirche. Abgesehen von den parkenden Autos war die Straße noch leer. Ich gesellte meinen Hyundai zu all den Chevrolets und Pickups und setzte mich auf die Eingangsstufen der Kirche in die Sonne.

Nach und nach erschienen die sonntäglich feingemachten Kirchgänger und ich fühlte mich zurückversetzt nach Afrika: Von uns Handvoll junger Frauen mal abgesehen, war kein einziges hellhäutiges Gesicht zu sehen.

Der Gottesdienst verlief dementsprechend alles andere als langweilig. Der Gospelchor ließ das Kirchenschiff vibrieren und dank der eingängigen Rhythmen konnten wir mühelos mitsingen. Es wurde in den Gängen getanzt und ich denke, nicht nur mir lief gelegentlich eine Gänsehaut über den Rücken.

Der Pastor verstand es, seine Schäfchen mit viel Humor

und Pathos zu unterhalten. Er war von nicht sehr großem Wuchs, wirkte in seinem schwarzem Talar wie ein Magier, der mühelos die Massen in seinen Bann ziehen kann und dass ihm dabei der Schweiß in Strömen über den kahlen Schädel lief, störte nicht im Geringsten.

Selbst als atheistisch erzogener Mensch konnte ich mich diesem Zauber nicht entziehen und selten habe ich mich in einer Menschengruppe so gut aufgehoben gefühlt, wie dort.

Als nach dem letzten Gospelgesang Stille einkehrte, konnte ich kaum glauben, dass die Andacht mehr als zwei Stunden gedauert hatte.

Wir Gäste wurden nun vorgestellt und warmherzig begrüßt. Ich schüttelte Dutzenden Menschen die Hand, die sich aufrichtig für mein Leben zu interessieren schienen. Als alles vorüber war, hatte ich die Gospelrhythmen noch für Stunden im Ohr und das unbestimmte Gefühl, einen Abstecher auf den Kontinent der menschlichen Wurzeln unternommen zu haben.

Das Telefonat

Ich habe festgestellt, dass zwischen dem Telefon und Kindern eine Art telepathische Verbindung bestehen muss. Sobald das Telefon läutet oder man selbst einen Anruf tätigt, bedürfen die Kinder, die noch vor zwei Minuten friedlich gespielt haben, besonderer Aufmerksamkeit.

Oder sie langweilen sich akut.

In jedem Fall wollen sie aber wissen, wer denn nun am anderen Ende der Telefonleitung sei und jetzt sei doch ein idealer Zeitpunkt, die Großeltern anzurufen und wann bist du denn endlich fertig und ich will auch mal sprechen!

Solange man mit Familienangehörigen oder Freunden - vorzugsweise solche mit Kindern - spricht, lässt sich dieses Ansinnen recht unkompliziert abhandeln. Spätestens aber beim Gespräch mit dem Bankberater hört der Spaß auf.

Nun kann man sich dank der modernen Technik auch während des Telefonieren frei bewegen; könnte also aus der Reichweite der Kinder flüchten. Hiervon ist jedoch unbedingt abzuraten. Zum einen müsste man sich dann auch außer Hörweite begeben und zum anderen sind größere Schäden an Haus und Kindern nicht auszuschließen.

Sie - die Kinder - scheinen also das Prinzip des Telefonierens zu verstehen - jeweils ein Gesprächspartner am Ende der Leitung redet. Und dennoch wird die Tatsache, dass man grade telefoniert nach Belieben ignoriert.

Sobald ich auf Ansprache nicht mehr reagiere, werden stärkere Waffen aufgefahren: Am Hosenbein zupfen. Erst sachte, dann immer heftiger. Lautes Ansprechen (kann bei geschäftlichen Telefonaten sehr peinlich werden), und, wenn alles nichts hilft, Verbotenes tun.

In den Kühlschrank hineinklettern zum Beispiel. Dies kann man relativ lautlos und lediglich von vernichtenden Blicken auf beiden Seiten begleitet, beenden. Seitdem ersten Erlebnis dieser Art stehen bei uns alle zerbrechlichen Dinge im Kühlschrank ganz hinten oben.

Doch es gibt noch eine schlimmere Variante: Das Sicherheitsgitter in der Küche öffnen und den Hund ins Haus entlassen. Dem Hund gefällt das gut und er macht seine neuen Besitzansprüche auf hündische Weise überall geltend. Ebendies ist der Grund, warum der Hund seinen Platz in der Küche, und nur dort, hat. Die Kinder finden das Beinchenheben lustig. Ich weniger und spätestens an diesem Punkt sollte das Telefonat abgebrochen werden.

Unser Hund reagiert allenfalls auf sehr energisches

Ansprechen (und beherztes Zupacken), gleiches gilt in diesen Fällen auch für die Kinder. Und ich denke, der Servicemitarbeiter der örtlichen Wasserwerke fand es gar nicht witzig, als ich "Wenn ihr nicht bei drei in der Küche seid, könnt ihr was erleben!" und "Churchill (so heißt der Hund) sofort zurück auf deine Decke!" in den Hörer brüllte.